第Ⅳ章　茂吉の後代への影響　～「屈折」を中心に～

第Ⅴ章　声調の「波動」とは何か

第Ⅵ章　声調の「圧搾」と「顫動」とは何か

斎藤茂吉

——声調に見る伝統と近代

凡例

一、本書は、引用の文中の旧漢字を新字に訂正した。
二、人名、書名の旧漢字は新漢字に訂正せず、旧漢字で表した。
三、人麻呂の表記について、引用文中の「人麿」はそのままにし、引用以外は「人麻呂」とした。
四、本書の万葉集は斎藤茂吉の解釈を中心とし、彼がそこからどのように実作へ転換したかを見てゆくものであるが、その途上で参考にした主な注釈書、古辞書の略号は次の通りである。

註疏	万葉集註疏	檜嬬手	万葉集檜嬬手
拾穂抄	万葉拾穂抄	代匠記	万葉代匠記
略解	万葉集略解	古義	万葉集古義
講義	万葉集講義	新考	万葉集新考
私注	万葉集私注	全釈	万葉集全釈
大系	古典文学大系本万葉集	万葉集全註釈	全註釈
注釈	万葉集注釈	旧全集	古典日本文学全集本万葉集
旧大系	日本文学大系本万葉集	集成	日本古典集成本万葉集
全注	万葉集全注	新編全集	新日本古典文学全集本万葉集
新大系	新日本文学大系本万葉集	釈注	万葉集釈注
和名抄	和名類聚抄	名義抄	類聚名義抄

五、引用文の棒線点線はすべて筆者。

はじめに

十九世紀から二〇世紀初頭にかけて自然科学の成長発展に伴い、合理主義、科学至上主義の信念が、あらゆる文脈に浸透しはじめた。それは「社会科学」「人文科学」「平和の科学」といった言葉が多用されるようになったことに端的にあらわれている。人文・社会分野に設定された科学主義は、理性的・合理的に見える用語を駆使することによって既成観念を打破しようとしたのである。自然科学の用語はそれ自体、客観的・普遍的外貌を伴うがゆえに、それを駆使した論説が科学的＝客観的に見える効果が期待された。医学生として自然科学の用語に通じた斎藤茂吉が、こうした語句を選択した背景には、近代という大きな時代の思考背景が影響している。加えて、歌友にして物理学者であった石原純《あつし》の存在が、茂吉の物理学への興味の目を開かせたであろうことは想像に難くない。

今も衰えることのない茂吉短歌の魅力。彼のこだわった声調とは、いったいどのようなものであったのか。それは、ただ直感にまかせたものばかりではあるまい。万葉集研究の場で繰り返された「ゆらぎ」「屈折」「波動」「圧搾」「顫動」などの物理学の用語を手掛かりに、茂吉の思考に迫ってみたい。

第Ⅰ章　声調の「ゆらぎ」とは何か

死に近き母に添寝のしんしんと遠田のかはづ天に聞こゆる

はじめに

斎藤茂吉の万葉集研究が実作の為のものであったことは、彼の『柿本人麿』『万葉秀歌』の随所から窺える。茂吉の注釈自体は、同時代の他の注釈書とそれほど異なるものではないが、茂吉は、万葉集に着眼して文体の美をいう「声調」については特徴的である。筆者の見解によれば、茂吉は、声調を「ゆらぎ」「屈折」「波動」「圧搾」「顫動」等、物理学用語と深く結びつける。もちろん彼は「ゆらぎ」という語を、声調をあらわす概念語として使う他、一般的な意味でも使用する。さらに声調としての「ゆらぎ」は、他の声調に比較して特に実作が概念の明確化にいちじるしく先行している。本章では、「ゆらぎ」は、「ゆらぎ」という言葉そのものが一般的なそれとは意味の異なる使われかたがなされていること、そして声調としての概念の確立がかなり遅れることの二点に留意しながら見てゆきたい。

1　近代文学の散文と韻文にみる「ゆらぎ」

1－1　散文にみる「ゆらぎ」

茂吉のいう「ゆらぎ」は、批評語の基礎をなしていても、物理学用語の意味で使う場合と、当時の一般的な文学的表現にみられる場合とが混在している。茂吉の批評用語「ゆらぎ」が難解にみえるのは、彼の用法が多岐に渡っており、それぞれに意味がことなることに帰因する。そこでまず、本節では「ゆらぎ」という語が日本文学全般でどのように使われてきたかを見てゆきたい。

語の歴史をみると、管見のかぎり古くは「ゆらぎ」というかたちは見えず、動詞「ゆるく」の連用形の名詞化「ゆるぎ」が十世紀後半頃の文献から昭和の中頃の文献に見える。「ゆらぎ」は明治以降の文学作品に頻出しはじめるのである。そこで文学作品の「ゆらぎ」をみてゆくと、近代文学の特に散文の世界ではおよそ二種類の意味に大別できる。まずその①は、一八九六（明治二十九）年の国木田独歩の「星」[1]で黒髪の風に揺れる様を「ゆらぎ」としている。これと似た表現で、一八九九（明治三十二）年、寺田寅彦の『東上記』[2]に妻の鬢の後れ毛が風に吹かれて動くさまを「ゆらぎ」とした、具体的な物質の揺れをいうものがある。つぎにその②は、茂吉の属した『アララギ』において、一九一一（明治四十四）年三月号誌上で島木赤彦の歌「いと強き日ざしに照らふ丹の頬を草の深みにしみて思ひし」を評した伊藤左千夫の言葉のなかに「ゆらぎ」が次のように出てくる。

この三首の歌を反覆吟味して見るとどうしても意味の上に会得するのみで、言語の上に作者が感じて動いた情緒のゆらぎが表れて居ない（傍線筆者。以下同）

右は伊藤左千夫が口頭で話し、茂吉が記録したものという。赤彦の歌は、「いと強き日ざしに」よって頬が「丹」色になったとしているが、実はこれは女性を意識して頬が赤くなっているものだ。左千夫がこの歌にいう「情緒のゆらぎが表れていない」とは、言外に存在する捉え難い情緒を調べの上に表し得ていないという意味であり、つまり「ゆらぎ」とは、かすかで捉え難い心情そのものである。

また茂吉自身の散文では②の意味にあたる例が一九三七（昭和十二）年のエッセイ「三筋町界隈」[3]につぎのように見える。

それでも目ざめかかつたリビドウのゆらぎは生涯ついて廻るものと見えて、老境に入つた今でも引きつけられる対象としての異性はそのころのリビドウの連鎖のやうな気がしてならなゐのである。

『斎藤茂吉全集』第六巻 P.445

この「リビドウ」は性科学者モルによれば性衝動、フロイトによれば性本能を発動させるエネルギーをいう。ここでは本能を揺さぶる内的な力と捉えられる。以上見てきたように近代文学の散文にあらわれる「ゆらぎ」は、①具体的な物質の揺れをあらわすもの、②言外に存在する捉え難い心情、内的な力などをいう二つに大別できる。

1 - 2 韻文にみる「ゆらぎ」

次に近代の韻文のうち、特に短歌にみられる「ゆらぎ」を見てゆくと、最も早い時期に属する例として一九〇一（明治三十四）年、与謝野晶子の『みだれ髪』[4]に、

臙脂色は誰にかたらむ血のゆらぎ春のおもひのさかりの命

歌は斯くよ血ぞゆらぎしと語る友に笑まひを見せしさびしき思

という二例の「ゆらぎ」がある。一首目の「血のゆらぎ」は情念の沸き立つような「動揺」「さわぎ」を表現している。二首目の「血ぞゆらぎし」は動詞であるが、これも同様に情念に血が湧きたつよ

うな感覚をイメージ化している。これらは前項の近代文学の散文に見る②の捉え難い心情、あるいは内的な力をいう「ゆらぎ」に通じる感覚である。晶子のこの「ゆらぎ」は後代に多大な影響を与え、萩原朔太郎の十六歳（一九〇二年）の短歌作品、[5]

　湧きぬるもひとたび冷えし胸の血のゆらぎなればか詩はいたいたし

にもその影響が窺える。また一九一三（大正二）年の茂吉の処女歌集『赤光』[6]に、

　さだめなきものの魔《おそひ》の来る如く胸《むな》ゆらぎして街をいそげり

という歌がある。これは不安が次々ととめどなく起こる状態が「胸ゆらぎして」という抽象的な表現になっており、やはり前項の②の「ゆらぎ」に通じる。同じく『赤光』の、

　くれなゐの三角の帆がゆふ海に遠ざかりゆくゆらぎ見えずも

という歌は、赤い三角の帆の船が夕方の海に遠ざかってゆく状景を詠んでいる。「ゆらぎ見えずも」は、船は波に揺れているはずなのに、その揺れの様がこちらからはわからない、というのである。これは前項の①の「ゆらぎ」に通じている。

また近代詩では一九〇九（明治四十二）年の北原白秋の『邪宗門』[7]に、「Wagner《ワグネル》の恋慕の楽の音のゆらぎ」「さはあれど、暮れ惑ふ下枝《しづえ》のゆらぎ……」「一刹那、壺にあふるる火のゆらぎ」「玻璃の戸にのこる灯ゆらぎ」「降りそそげ。生命の脈は　ゆらぎ、かつ、壁にちらほら」と五例の「ゆらぎ」がみえる。このうち「下枝のゆらぎ」「火のゆらぎ」「灯ゆらぎ」は前項①の具体的な揺れを意味する「ゆらぎ」である。また「楽の音のゆらぎ」は聴覚で作曲家ワーグナーの恋慕の情が曲のなかにとけ込んでいる感覚を捉えたもので、これは前項②の「ゆらぎ」に通じる。最後の「生命の脈は　ゆらぎ」の「脈」は、一般的には体内の血液のながれを皮膚の上から捉えるものであるが、ここでは生

の証としての「脈」に「ゆらぎ」を捉えたところに繊細な躍動感があらわれている。これは与謝野晶子の「血のゆらぎ」に通じる表現であると同時に前項近代の散文の②の「ゆらぎ」と同じである。

このように「ゆらぎ」は、近代の散文、韻文、茂吉の実作も含めて①具体的な物質の揺れをあらわすもの、②言外に存在する捉え難い心情、内的な力をいう二種類に大別できる。茂吉の評価語をみるうえで留意しなければならないことは、本章3－2で述べるように茂吉が評価語「ゆらぎ」を①のような一般的な意味でも使用している事である。

2 茂吉の短歌評価語「ゆらぎ」の基礎〜歌友・石原純とアインシュタイン〜

2－1 茂吉の短歌評価語「ゆらぎ」

一方、茂吉の万葉集にたいする評価語「ゆらぎ」は、一九三八（昭和十三）年五月十日に刊行された『柿本人麿（評釈篇巻之上）』中の巻四・五〇一番歌ならびに、同時刊行の『柿本人麿（評釈篇巻之下）』中の巻九・一七〇一番歌に見えるのが早い例である。

をとめ等が袖振山の瑞籬《みずがき》の久しき時ゆ思ひき吾は　巻四・五〇一番歌　『斎藤茂吉全集』第十六巻 P.356

（大意）今はじめて君を思ふのではない。もう久しいまへから恋しく思つてゐる　同 P.358

右は、上三句が序で、本意は「久しき時ゆ思ひき吾は」だけである。茂吉は、序詞の部分の言葉を除いて意訳しているが、この歌の魅力は、むしろ序詞の方にある。それについて次のようにいう。

郵便はがき

料金受取人払郵便

102-8790

麹町支店承認

9089

差出有効期間
2020年10月
14日まで

切手を貼らずに
お出しください

102

［受取人］
東京都千代田区
飯田橋2―7―4

株式会社 作品社
営業部読者係 行

【書籍ご購入お申し込み欄】

お問い合わせ 作品社営業部
TEL 03(3262)9753／FAX 03(3262)9757

小社へ直接ご注文の場合は、このはがきでお申し込み下さい。宅急便でご自宅までお届けいたします。送料は冊数に関係なく300円（ただしご購入の金額が1500円以上の場合は無料）、手数料は一律230円です。お申し込みから一週間前後で宅配いたします。書籍代金（税込）、送料、手数料は、お届け時にお支払い下さい。

書名		定価　円	冊
書名		定価　円	冊
書名		定価　円	冊
お名前	TEL（　　）		
ご住所	〒		

フリガナ
お名前

男・女　　　　歳

ご住所
〒

Eメール
アドレス

ご職業

ご購入図書名

●本書をお求めになった書店名

●ご購読の新聞・雑誌名

●本書を何でお知りになりましたか。

イ　店頭で

ロ　友人・知人の推薦

ハ　広告をみて（　　　　　　）

ニ　書評・紹介記事をみて（　　　　）

ホ　その他（　　　　　　　）

●本書についてのご感想をお聞かせください。

ご購入ありがとうございました。このカードによる皆様のご意見は、今後の出版の貴重な資料として生かしていきたいと存じます。また、ご記入いただいたご住所、Eメールアドレスに、小社の出版物のご案内をさしあげることがあります。上記以外の目的で、お客様の個人情報を使用することはありません。

一首の意味の内容は、「久しき時ゆ、念ひき吾は」だけなのに、上にいろいろ付加へて、意味と調子の補充をして居る。これは、一首を構成するうへの一つの手段にもなるが、相手のものに特殊の感情を伝達し得るための技巧とも看做すことが出来る。併し、かく実用的に解釈する以外に、構成された一首の歌として見るときには、実に荘麗ともいふべき一形態として現出してゐるのである。或は中止のない大きいゆらぎを持つた諧調音として受取ることの出来るものである。

同　P.358

歌の意味はわずかに「久しき時ゆ思ひき吾は」（久しいまへから恋しく思つてゐる）だけであるのに、長い序によって一首全体が「荘麗ともいふべき一形態」あるいは「中止のない大きいゆらぎを持った諧調音」となったとしている。次に、

さ夜中と夜は深けぬらし鴈がねの聞ゆる空に月渡る見ゆ

巻九・一七〇一番歌　『斎藤茂吉全集』第十七巻　P.262

（大意）もはや夜中ぐらゐに夜が更けたと見える。そして雁の群が声をたてて啼きながら遠ざかる方に、月も低くなりかかっている。

同　P.262

この歌は、夜更けの空を渡る雁を詠んでいる。雁の鳴き声を聞いており、声のする辺りを月が渡ってゆくのである。茂吉はこの歌に対して、

この一首も、淀まず巧まずに云つてゐて、相当の重量を持たせてゐるのが好く、雁の群に月をたしただけだが、その声調のゆらぎによつて、現実を再現せしめる効果を有してゐる　同　P.264

と、「声調のゆらぎ」をいう。また同歌を『万葉秀歌』では次のようにもいう。

ありの侭に淡々といひ放つてゐるのだが、決してただの淡々ではない。これも本当の日本語で日本的表現だといふことも出来るほどの、流暢にしてなほ弾力を失はない声調である。

『斎藤茂吉全集』第二十二巻　P.302

一首の声調は『柿本人麿』では「ゆらぎ」、『万葉秀歌』では「弾力を失わない声調」と表現されている。ここから茂吉が「ゆらぎ」と「弾力」を近似の感覚で捉えていたことがわかる。「弾力」とは、すなわち弾む力であるが、これらの歌においてそれは必ずしも元の時点に戻る作用ではない。

2-2　物理学における所謂「ゆらぎ」の現象の発見

このような茂吉のいう「ゆらぎ」は、本章第1節で述べた近代文学作品の「ゆらぎ」や近代の他の歌人の評価語のなかの「ゆらぎ」とは明らかに異なっている。茂吉の評価語「ゆらぎ」の成立には、物理学の「ゆらぎ」が介在すると見られる。物理学の「ゆらぎ」とは、ブラウン運動（植物学者のロバート・ブラウンが一八二七年に発見した）に代表される分子運動のことで、静かな水面に浮いた花粉の微粒子が、顕微鏡で観察すると肉眼では見えない分子の運動によって突き動かされて運動しているように見える現象をいう。これは、実は粒子のまわりには一ミクロンに満たない水分子が数万個存在し、それらが高速で運動して粒子に衝突しているのである。今日でこそこうした分子運動は、物理の基礎知識としてあまりにも当然のものとなっているが、分子や原子の存在は、明治初年の段階では、まだひとつの有力な仮説にすぎなかった。

明治の物理学書には、ボルツマンの統計力学による分子運動の仮説がひろく紹介されている。ボルツマンは分子の存在を前提として、熱力学との整合性から分子の数やエネルギーを導きだしている。しかし、当時分子自体はまだ観測されておらず、マッハやオスワルドらが分子を否定していた。分子運動をはじめて証明し得たのは、アインシュタインで、アインシュタインの奇跡の年といわれる一九〇五（明治三十八）年の三大発見のひとつに、ブラウン運動に関する論文がある（一九二一年、石原純訳「静止せる流体内に支へられてゐる粒子にあらはれる、熱の分子運動論によりて要求せられる運動に就て」）。アインシュタインは、分子運動の大きさ（速さ）を方程式で計算できることを発見し、論文の末尾に誰かに実験してもらいたいと記した。その言葉にこたえるように三年後の一九〇八年、フランスのジャン・ペランがコロイド粒子を使った実験を行い、分子の実在の観測に成功している。こうして、分子の存在があきらかになり、のちに日本では分子の運動を「ゆらぎ」と呼ぶようになるのである。

2－3　日本への紹介～アインシュタインと石原純～

日本にアインシュタインを広く紹介したのは、石原純《あつし》であった。(9) 石原は、伊藤左千夫門下の歌人でアララギの創刊にかかわり、長らくアララギの中心的な活動を支えた歌人である。科学者にして歌人でもあるところから、茂吉とは互いに注目しあう関係であった。[10] 石原は、アインシュタインに影響を受けて早くから相対性理論の研究を行い、[11] 一九一二（明治四十五）年三月〜一九一四（大正三）年四月までヨーロッパに留学し、そのうち一九一三年四月にチューリッヒのアインシュタインのもとを訪れ、指導をうけている。[12] この時の石原との縁が、のちにアインシュタインの来日を実現させ、一九二二（大正十一）年の来日時には、石原が通訳として日本各地をまわっている。アインシュタインのノーベル賞[13]受賞は、一九二二年、アインシュタインがヨーロッパから日本に向かっていた途中の船上で知らせを受けたためもあって、日本の各新聞が大きく報道した。[14] またアインシュタインの理論を実験で証明したジャン・ペランも、当時の日本の文献にたびたび、分子の発見にかかわってとりあげられており、[15] 分子運動は当時注目を浴びたテーマのひとつであった。

石原は、一般向けにアインシュタインを紹介するための本を出版し、アインシュタインの三大発見について繰り返し解説をくわえる。その一書の巻頭には、「アインスタイン教授に逢うて」と題する次の短歌を含む十三首を掲げている。[16]

名に慕へる相対論の創始者にわれいま見ゆるこころうれしみ
われの手をひたすらにとりてもの言へる偉《おほ》いなるひとをまのあたり見る

これらは十三首の最初の二首である。一首目は、相対性理論の創始者であるアインシュタインに逢った喜びを「こころうれしみ」と直截にあらわし、二首目はアインシュタインを「偉いなるひと」と呼び、その飾らない人柄にたいする感銘を「われの手をひたすらにとり」「もの言へる」と詠む。石原の歌は、今日的にみるとあまりにも直截で詩的情感にかけるように見える部分もあるが、アララギが歌壇全体の中心にあった当時、こうした歌の詠み方が主流であった。物理学者にして文学者でもある石原の影響力は、アインシュタインの人気とともに、当時の物理学と文学の接近を促し、茂吉もそうした影響を受けた一人であった。

実は茂吉は、一九二一（大正十）年から一九二五（大正十四）年までヨーロッパに留学し、アインシュタインの来日時に日本にいなかった。だが、留学中バーデン＝ヴュルテンベルク州のウルムを訪れた際に、「物理学者の Einstein もこの町に生れた」（エッセイ「ドナウ源流行」『斎藤茂吉全集』第五巻 P.268）とアインシュタインを思い浮かべる程度には、もともと科学的同志として親しみ深い存在であった。科学者茂吉は、アインシュタインの発見にかなり明るかったはずである。そして日本におけるアインシュタインの人気は、一九二二年の来日以後も長く根強く、新聞雑誌で取り上げられている。茂吉が『柿本人麿』を執筆していた一九三三（昭和八）年には、ナチスのユダヤ人迫害のために、米国に亡命を余儀なくされるアインシュタインのニュースが頻繁に報じられていたのである[17]。

2-4　日本における物理学上の「ゆらぎ」の定義

日本の物理学書に「ゆらぎ」が定義されるようになったのは、戦後の一九四七（昭和二十二）年、桂井富之助の『コロイド理論』[18]あたりからで、桂井富之助はつぎのように定義する。

流体中に浮遊してゐる小さい粒子は不規則な運動いはゆる Brown 運動をする。コロイドの中に一定の空間を考へその中に含まれるコロイド粒子の数を観察すればその数は Brown 運動のために一定ではなくて時間によつて異なる値を示す。この現象をゆらぎといふ。ゆらぎの程度を表はす量と拡散定理との間にはある統計力学の関係が成立する。Brown運動、ゆらぎ、拡散の三つは同一の分子運動的の現象であつて同一の現象について見方をかへたときに起る名称の相違に他ならない

このように桂井富之助は「この現象をゆらぎといふ」としたうえで、さらにブラウン運動と「ゆらぎ」と「拡散」は同一現象であるとしている。これは同現象が、当時既に三つの名前で呼ばれていたことを示しており、理科系の人々の間では既知のものであったとみてよい。ただしここで注意を要するのは、物理学用語としての「ゆらぎ」の確立は、茂吉が『柿本人麿』で声調の「ゆらぎ」を用いる一九三四（昭和九）年よりも十三年も後れるように見えることである。しかしこれは、上海事変が一九三二（昭和七）年に勃発し、つづいて一九三七（昭和十二）年盧溝橋事件がおこり、以後日本が戦乱の時代に入ったことで、当時いくつかの名称で呼ばれていたこの物理現象の名称を定めることが遅れたにすぎない。桂井が太平洋戦争の終結を待ち構えるように出版し定義を行なっていることを考えると、「ゆらぎ」の名称は実はかなり早くよりあったと考えるのが自然で、それは一九三〇（昭和五）年ごろには遡ると見てよい。茂吉の歌の評価語にいう声調の「ゆらぎ」は、次節に詳述するように、このブラウン運動をいう「ゆらぎ」の通念を念頭においたものと考えてよいであろう。

3　斎藤茂吉の万葉集の声調「ゆらぎ」の特異性

3－1　ブラウン運動にヒントを得た「ゆらぎ」

つぎに茂吉が歌の評価語に用いる「ゆらぎ」とはどのようなものか詳しく見てゆきたい。日記によれば、茂吉は、一九三四（昭和九）年一月十五日に「人麿短歌評釋」巻四・五〇一番歌を執筆している。この歌は先に第2節1項でも触れたが、再度詳しく見てゆく。

をとめ等が袖振山の瑞籬の久しき時ゆ思ひき吾は

先にも見たとおり、茂吉は、この歌の声調に言及し次のようにいう。

併し、かく実用的に解釈する以外に、構成された一首の歌として見るときには、実に壮麗ともいふべき一形態として現出してゐるのである。或は中止のない大きいゆらぎを持つた諧調音として受取ることの出来るものである。(19)

『斎藤茂吉全集』第十六巻 P.358

この「ゆらぎを持った諧調音」は、茂吉が独自に受け取った感覚であって、誰もが共通して感じ取り得るものではない。こうした「ゆらぎ」の用い方が余人の理解に困難をひきおこしているのであるが、筆者はつぎのように分析する。まず「中止のない」とは、言うまでもなく、二句、三句、四句のいずれにも歌に切れ目がないという。「諧調音」は、調和のよくとれた音の意である。この歌は初句から第三句までが序詞になっている。初句「をとめ等が」は「袖振る」を引き起こす言葉である。「袖振る」と地名の「布留」が同音で掛詞となり、布留山へと意味が転換、次に布留山の神域をあらわす「瑞籬」へつづき、そこで神のように「久しき時」が恋の思いの長さに変わって、ようやく最後に歌の本意「思ひき吾は」に至る。これを図にすると次のようになる。

をとめ等が↓袖振る　　（恋をして）久しき時ゆ↓思ひき吾は

←　　　　→

（布留）山の↓瑞籬の↓久しき時

この歌は図のように当初は「をとめ等」の話であったものが「布留の神」の話に切り変わり、つぎに「久しき時」で布留の神の話から今度は吾の恋心へと変容している。茂吉はこれを「ゆらぎ」と呼ぶのであるが、先に見た近代文学の「ゆらぎ」①②とは異質である。言葉の意味が掛詞によって予想外の方向へ動きながら、次々と異なる意味の文を形成してゆくのであるが、こうした動きを「ゆらぎ」とするのは、ブラウン運動のありかたに合致する。つまり茂吉は、ブラウン運動の微細な花粉を歌意を構成する「言葉」に喩え、「詩人の感性の動き（ひらめき）」を花粉を動かす水分子の運動に喩えているとみられる。即ち「花粉」（言葉）は、「水分子」（詩人の感性・ひらめき）の運動によって突き動かされるものである。「水分子」は肉眼では見えず、ただ「花粉」がイレギュラーな方向へ動き不思議な軌跡を描いていることだけが見えるのである。この歌の場合、花粉は最初「をとめ等」の地点にあって直線的に「袖振る」に流れるが、そこで予測外の方向からの水分子の衝突があり、花粉は同音の「ふるやま」へと瞬時に移動する。その後、水分子の小さな衝突で花粉は「瑞籬」「久しき」と直線的に進むが、ここでまた水分子の予定外の方向からの衝突があり、花粉はふたたび予測外の「時ゆ」に移動しそこから直線的に動いて「思ひき吾は」に至る。このような言葉の意味が連想によって予想外に変化し移動してゆく軌跡を茂吉は「中止のない大きなゆらぎをもった諧調音」と表現したと考えられるのである。

また巻十・一八一八番歌、

子等が名に懸けのよろしき朝妻の片山ぎしに霞たなびく

この歌について茂吉は次のようにいう。

朝妻山は、大和南葛城郡葛城村大字朝妻にある山で、金剛山の手前の低い山である。『片山ぎし』は、その朝妻山の麓で、一方は平地に接してゐるところである。『子等が名に懸けのよろしき』までは序詞の形式だが、朝妻といふ山の名は、いかにも好い、なつかしい名の山だといふので、この序詞は単に口調の上ばかりのものではないだらう。この歌も一気に詠んでゐるやうで、ゆらぎのあるのは或は人麿的だと謂つていいだらう。

『斎藤茂吉全集』第二十二巻 P.311

茂吉はこの歌の「子等が名に懸けのよろしき」までは序詞の形式、「片山ぎし」は朝妻山の麓の意と説明している。茂吉のいう「ゆらぎ」は、先の巻四・五〇一番歌と同じく一見上から下へ流れるような調べでありながら、言葉は「妻」の同音の掛詞で「朝妻山」へ意味が変容し、その後「片山ぎし」「霞」という自然の景にひろがってゆくことをさしていると考えられる。図にすると次のようになる。

子等が名に↓懸けのよろしき朝妻

←

朝妻（山）の↓片山ぎしに↓霞たなびく

これも日本語としての一般的な揺れを意味する「ゆらぎ」とは違っている。一般的な「ゆらぎ」は固定点を中心にぶれるが元に戻るものである。だがこの「ゆらぎ」は巻四・五〇一番歌とおなじく言葉の意味が連想によって予測外の方向に変化、移動している。茂吉はこの言葉の軌跡を物理学のブラウン運動の「ゆらぎ」に喩えているのである。

また茂吉のいう声調の「ゆらぎ」には正確には掛詞とは言えないが、掛詞に類似した表現をとらえるものもある。巻九・一七〇一番歌、これも第2節1項で触れたが、再度詳しく見てみたい。

さ夜中と夜は深けぬらし鴈がねの聞ゆる空に月渡る見ゆ

この歌は古今集に採録され、題詠的な印象があるため、古来『万葉代匠記』などに寓意あるものとして捉えられてきた。この歌について茂吉は、次のようにいう。

この一首も、淀まず巧まずに云つてゐて、相当の重量を持たせてゐるのが好く、雁の群に月を配しただけだが、その声調のゆらぎによつて、現実を再現せしめる効果を有してゐる

『斎藤茂吉全集』第十七巻 P.264

ここで茂吉が歌の景を「現実」といっていることに注目したい。P.15にもあげた茂吉の大意は、「も

はや夜中ぐらゐに夜が更けたと見える。そして雁の群が声たてて啼きながら遠ざかる方に、月も低くなりかかつてゐる」である。これを句単位に分解すると、初句から第二句にかけては夜更けの静まり返ったイメージ、第三句から第四句は雁の群が鳴きながらゆく、結句は空の月が低くなりかかって夜が明けようとしている様となる。茂吉が「相当の重量を持たせてゐるのが好く」という「重量」とは、初句「さ夜中と」、第二句「夜は深けぬらし」の重複した「夜」の表現をさしているとみられる。しかしこれだけでは「現実を再現せしめる効果」とはなり得ないであろう。茂吉のいう「現実」は次の言のように今少し複雑である。

　この歌で特殊なのは、『月渡る見ゆ』といふ言方であるが、これも急な運動をあらはすのでなく、天伝ふなどの語と同じく、動く気持だが、それが主でなくて眼前には、月なり日なりが照つて見えてゐるのを、かういふ言方であらはしてゐるのである。そんなら、『月照り渡る』とか、『月かがやきぬ』などと云つたら奈何といふに、作者としてはそれでは満足しないので、雁などの飛翔と共に移動する気持を月に対しても持たせたいのであらう。『斎藤茂吉全集』第十七巻 P.263

つまり、茂吉はこの歌の結句「月渡る見ゆ」を、眼前に月が照って見えている「現実」の状景をいいつつ、雁の飛翔と共に月の移動することをも一首の眼目にしているというのである。

茂吉に先んずる佐佐木信綱の『評釈万葉集』をみると、「深けぬらし」の「らし」を根拠のある想像の助動詞とし、初句から二句を「月の天心に来た事実を根據として、さては夜中頃と、夜はふけたらしいと推量するのである」と事実としての夜ふけの感慨をあらわしたものと受け止めている。

また信綱は「雁の声を背景として月の動きを捉へたのは頗る音楽的であり、夜がふけた趣をいふに効果的である」と聴覚的表現に注目している。実はこの歌は従来聴覚的表現が注目されてきたものであった。だが茂吉は聴覚的表現の歌が結句で「見ゆ」と視覚的表現に替わっていることに注目したと見られる。実はこの歌の初句と二句は夜の深けたことをいい、そこに「雁がねの聞ゆる」聴覚的世界を描くが、雁がいるはずの「空」を介して一転「月渡る見ゆ」と視覚的世界へ転換されている。図にするとつぎのようになる。

さ夜中と→夜は深けぬらし→鴈がねの→聞ゆる空（※聴覚世界）
←（空）に月渡る見ゆ（※視覚世界）

茂吉は、一見なめらかな調べのなかに渡りことば[20]によって聴覚から視覚へ切り替わるこの歌の表現のありかたを「ゆらぎ」と呼んでいると見てよい。

また先にも述べたとおり、この歌は『万葉秀歌』にも掲載されており、『万葉秀歌』では、

ありの佽に淡々といひ放つてゐるのだが、決してただの淡々ではない。これも本当の日本語で日本的表現だといふことも出来るほどの、流暢にしてなお弾力を失はない声調である。

『斎藤茂吉全集』第二十二巻 P.301

ある。

と「弾力を失わない声調」と改めている。ここから茂吉は、「弾力」と「ゆらぎ」を近似の感覚で捉えていることがわかる。「ゆらぎ」は、「弾力」すなわち弾《はじ》く力、物をはね飛ばし転がす作用なのである。

3－2　ブラウン運動に関係しない「ゆらぎ」

先に見たように茂吉は、所謂掛詞の文体をブラウン運動にたとえ「ゆらぎ」と呼んでいると見られる。だが、茂吉のいう「ゆらぎ」はその一種類に統一され意識的に用いられたとは言えない面がある。たとえば巻九・一七〇九番歌、

御食《みけ》むかふ南淵山の巌には落《ふ》れる斑雪《はだれ》か消え残りたる

について次のようにいう。

「巌には」の「には」、「降れる斑雪か」の「か」のあたりに、微かに息を休めてしずかな感情を湛え、結句の、「消え残りたる」は、迫らない静かなゆらぎを持つた句で、清厳の気は大体ここに発してゐる。

『斎藤茂吉全集』第二十二巻 P.304

この歌の「ゆらぎ」は、「落れる斑雪か」の「か」という疑問形によって心情の揺れがあらわれていることを指している。また巻一・四六番歌の人麻呂の歌、

阿騎《あきぬ》の野に宿る旅人うちなびき寝《いね》も寝らめやも古おもふに

茂吉は、この歌について次のように評していう。

この歌は響に句々の揺ぎがあり、単純に過ぎてしまはないため、余韻おのずからにして長いといふことになる。『斎藤茂吉全集』第二十二巻 P.86

ここに茂吉は「句々の揺ぎ」を指摘しているが、これは「うち靡き」と、一旦ゆったりと寝る体勢を形容しながら、「寝も寝らめやも」（寝るけれども寝られない）と逡巡した表現をさしているものと考えられる。これらは意味に揺れがあり、その点に「ゆらぎ」を見ているのであるが、これは第1節2項に見られたように一般的な意味と見られる。

このように茂吉のいう声調の「ゆらぎ」には、ブラウン運動のほかに単なる心情の揺れの「ゆらぎ」が混在している。そのため茂吉の言は捉え難く難解であると見られてきたのである。これは茂吉が日常的に複数の意味の「ゆらぎ」を使っていたことが原因していると見られるが、こうした語の使い方は論としては未整理と言わざるを得ないであろう。

つぎに、茂吉自身の作にブラウン運動の「ゆらぎ」の声調を見たい。

4 茂吉の実作にみる「ゆらぎ」

茂吉の実作のなかにこの「ゆらぎ」らしきものをもとめると、それらは処女歌集『赤光』に収められている。これらは評価語「ゆらぎ」の概念成立よりも早い時期に作られており、本書が「ゆらぎ」らしきものという所以である。しかし、実作を目的とする歌人の場合、作品が先行し論理が後付になることはあり得よう。この場合、後付けの「跡」をたどることが出来ればよいと思われ、それは既に述べて来たことである。

先ず、

死に近き母に添寝のしんしんと遠田のかはづ天に聞こゆる

これは茂吉の代表歌のひとつ「死にたまふ母」の連作中の一首である。初句「死に近き」は死期の迫っていることをあらわし、第二句「母に添い寝」は茂吉自身の行為である。ここに「死に近き母」に息子が「添い寝」する異常な状況を映し出し、第三句の「しんしん」はその心情をあらわすと同時に、第四句の「遠田のかはづ」の声にも掛かり、音に二重の意味のある掛詞的用法である。一九四二（昭和十七）年執筆の『作歌四十年』の「赤光抄」[21]で茂吉が、

上句にも下句にも関係してゐるが、作者は添寝のほうに余計に関係せしめたるところで、この歌は只今でも保存して置きたいと思ふ。

『斎藤茂吉全集』第十巻 P.404

といっている。こうした上下句の両方にかかる用法は、先に見た巻十・一八一八番歌「子等が名に懸けのよろしき朝妻の片山ぎしに霞たなびく」と酷似するもので、一見上から下へ流れるような調べでありながら、死に近い母に添い寝をする夜の「しんしん」とした神妙さと、同音の掛詞で「遠田のかはづ」の鳴き声へ意味が変容し、その後「天に聞こゆる」という壮大な景にひろがってゆくことをさしている。図にすると次のようになる。

死に近き母に添寝の↓しんしん
↑
（しんしん）と↓遠田のかはづ↓天に聞こゆる

ほかに、

わが生れし星を慕ひしくちびるの紅きをんなをあはれみにけり

これは、『赤光』の連作「おひろ」の中の一首である。「わが生れし星」の「星」とは、九星気学であろうか。茂吉は、明治十五年生れの一白水星である。あるいは、身の上の悲劇性をいう「星」もある。浪漫的な雰囲気をたたえたこの歌は、語の用法に違和感を感じさせるところがあり、塚本邦雄はつぎのように言っている。

うるさく言へばこの二つの「し」の後者は必ずしも正しい用法とは言へまい。歌の調べで流され、抵抗感を与へないだけのことで、韻文として文章に書き変えるなら、誰しもをかしいと思ふはずだ。ただ、詩歌では多数の変則許容もあり、野暮な咎めだてはすまい。しかし、いくら何でも一首に三種の過去があり、それが「き・き・ぬ」では変だろう。

『茂吉秀歌「赤光」百首』P.108

塚本のいう「し」の用法とは、「生れし」と「慕ひし」である。塚本は「歌の調べで流され、抵抗を与えない」が、「誰しもをかしいと思ふはずだ」。だが、詩歌のことであるから「野暮な咎めだてはすまい」という。実は、この違和感は茂吉のいう「ゆらぎ」の用法によるものと考えられる。一首は、上から下へと流れるような調べのなかに、第一句から第二句にかけては、「わが生れし星」を慕う健気な女がいる。その健気な女が言葉を発するのは「くちびる」であり、その「くちびる」は一転エロチックな女のイメージへと移り、下の句に続くのである。図にすると次のようになる。

わが生れし星を慕ひし↓（くちびる）
←くちびるの紅きをんなを↓あはれみにけり

「あはれみにけり」は、「愛しい」を「かなしい」ともいうことと似る愛の感情である。塚本は、二つの過去形に違和感を持っているようであるが、茂吉にとって、彼女は過去の思い出になってしまっているため、過去形が使われているのである。

また、

赤茄子の腐れてゐたるところより幾程もなき歩みなりけり

もある。この歌は、近代短歌を代表する歌でありながら、発表以来今日に至るまで深い謎に包まれてきた。初句の「赤茄子」はトマトのことである。トマトの腐っていたところを通り、その後ふと脳裏に思い浮かんだことがあった、と茂吉はいう。彼は、腐った赤茄子に言寄せて暗示するものを敢えて具体的にしていないのである。初句から結句まで句切れなく、流れるような調べでありながら、各句の意味は必ずしも繋がっているとはいえない。初句「赤茄子」（トマト）という元来健康的なイメージは、第二句「腐れて」で一転、不気味な連想へと移る。第三句は場をあらわす「ところ」と、起点をあらわす「より」をもって上下を結び、「幾程もなき歩みなりけり」にかかる。ここにほんの短い時間ではあるが、自覚的状態から自失の状態に入り、再び我にもどった瞬間（覚醒）が描かれており、脳の働きの不可思議さを思い起こさせる。これは、渡りことばによる「ゆらぎ」に共通して、一見流れるような調べのなかに句々の意味が予想外の方向へ細かく移動する流れで、図にすると次のようになる。

赤茄子の → 腐れてゐたるところ《※自覚的》 ←
（ところ）より《※自失的》 → 幾程もなき → 歩みなりけり《※覚醒》

これらは茂吉の処女歌集『赤光』におさめられた当時の問題作である。調べの美しさに斬新な表現が載せられ、茂吉自身もできばえに自信をもち、世間からも名歌とされながらも深い謎に包まれて来た。これらは茂吉が後年「ゆらぎ」と呼んだ万葉集の声調の類に入るものと見てよいであろう。そして、この様式は『赤光』のみならず、『あらたま』以降にも見られる。

まなかひにあかはだかなる冬の山しぐれに濡れてちかづく吾を

一首は、はじめは「私」の「まなかひ」に山が映っている。それが、いつのまにか「山」が私を見ていることに変っている。これは「しぐれに濡れて」を渡り言葉として、主体が移動したのである。図にすると次のようになる。

まなかひにあかはだかなる冬の山しぐれ
　　　　　　　　　↓
　　　　（しぐれ）に濡れてちかづく吾を

こうした茂吉の歌のかたちは、物理学の「ゆらぎ」をもって徐々に歌の様式、理論へとつながって行ったと見てよいであろう。

おわりに

「ゆらぎ」は、近代の散文や短歌の世界では①具体的な物質の揺れをあらわすもの、②言外に存在する捉え難い心情、内的な力などをいい、茂吉自身こうした「ゆらぎ」を使っている。だが彼のいう声調の「ゆらぎ」はそうした意味の「ゆらぎ」だけでは説明し難い。茂吉が「ゆらぎ」と呼ぶ声調は、主に万葉集巻四・五〇一番歌に代表される。調べは上から下へと流れるように続いているが、掛詞の連想によって歌意が予想外の方向へ移動し適応しつつ結句に至るものである。茂吉がこの性質を物理学の現象の「ゆらぎ」即ち先に見たブラウン運動に喩え見たのである。ただし茂吉が「ゆらぎ」と呼ぶものには疑問形などの心理の揺れを呼ぶ「ゆらぎ」も混在している。このことによって茂吉のいう声調論は難解と言われて来たのであるが、中心はブラウン運動から得た「ゆらぎ」である。

注

（1）国木田独歩著「星」『国民之友』十二月号　一八九六年

（2）寺田寅彦著「東上記」『寺田寅彦全集』第一巻　岩波書店　一九六〇年

（3）斎藤茂吉著「三筋町界隈」『斎藤茂吉全集』第六巻　岩波書店　一九七四年

（4）与謝野晶子著『みだれ髪』東京新詩社、伊藤文友館　一九〇一年

（5）萩原朔太郎著「短歌・俳句・美文」『萩原朔太郎全集』第三巻　筑摩書房　一九七七年　一九〇二（明治三十五）年作

（6）斎藤茂吉著『赤光』東雲堂　一九一三年

（7）北原白秋著『邪宗門』易風社　一九〇九年

（8）『斎藤茂吉全集』第三十巻

一九三八（昭和十三）年刊行の『柿本人麿（評釈篇巻之上）』自序によれば、昭和三・四年から五・六・七年に書いたものもあるが、大多数は昭和八年春から歳末とされている。日記をみると、一九三四（昭和九）年一月十二日に「コレニテ、万葉巻一、二、三ニアル人麿ノ歌ノ短歌ハ全部終了セリ」とあり、その後一月十五日に「人麿ノ 501，502，503 評釈ス」とあるので、「ゆらぎ」の最初はこの日に書かれたと考えられる。『柿本人麿（評釈篇巻之上）』は、巻一（十一首）、巻二（二十六首）、巻三（二十一首）、巻四（七首）、再び巻二（一首）、巻九（三首）、巻十三（一首）とやや変則的に並んでおり、後半の巻二の一首（二〇二番歌）は、後に追加され、さらにその後に巻九が書かれたものと考えられる。

（9）石原純《あつし》　一八八一～一九四七年

一九〇三（明治三十六）年　雑誌『馬酔木』に短歌を投稿しはじめる。

一九〇八（明治四十一）年　『アララギ』創刊に参加。『美しき光波』を弘道館より出版。
一九一二（明治四十五）年三月〜一九一四（大正三）年四月ドイツ留学。
ミュウヘン大学でゾンマーフェルトに学ぶ。
一九一三（大正六）年　チューリッヒ工科大学のアインシュタインのもとを訪ねる。
一九一四（大正七）年　東北帝国大学教授
一九一九（大正八）年　相対性原理、万有引力論文、量子論の研究に対し、帝国学士院賞、恩賜賞
一九二一（大正十）年　原阿佐緒との恋愛事件がもとで東北帝国大学を辞職。
『アインスタインと相対性原理』改造社
一九二二（大正十一）年　歌集『靉日』（アララギ叢書 第十四編）
アインシュタインの来日時に通訳として日本全国をまわる。
一九二三（大正十二）年　『アインスタイン教授講義録』改造社
一九二四（大正十三）年　アララギを脱退し、北原白秋らの創刊した雑誌『日光』に参加。

（10）千野明日香著「石原純、原阿佐緒不倫事件と「アララギ」――大正期「アララギ」裏面史」『日本文学誌要』第七十二号　二〇〇五年
（11）石原純著　論文「相対論に基づく運動物体内の光学現象の研究」　一九〇九年
（12）『アインスタインと相対性原理』改造社　一九二一年（大正十年）
「彼のいた理論物理学の教室では毎週水曜日の夜に談話会を開きました。教室の人々が交互に或る問題について話し合ふのです」（P.137「アインスタイン印象記」）
（13）アインシュタインのノーベル賞受賞は「光量子の仮説に基づく光電効果の理論的解明」による。
（14）一九二二年十一月十日　スウェーデンの科学アカデミー、ノーベル賞委員会がアインシュタインに

一九二一年度のノーベル物理学賞を授与すると発表、アインシュタインは船中でこの朗報に接する。アインシュタインの来日、ノーベル賞受賞のニュースは十二日頃から日本の新聞各紙で報道される。以降連日アインシュタインのニュースが掲載され、アインシュタイン・ショックと呼ばれる大ブームがおこる。写真は、朝日新聞 1922.11.12（大正十一）

（15）一九二五年五月十四日付朝日新聞朝刊広告　ペランの翻訳書『原子』（一面にかなり大きな広告と「ペラン」の名が出る）

（16）石原純作「アインスタイン教授に逢うて」短歌十四首　『アインスタインと相対性原理』改造社の巻頭　国立国会図書館デジタルコレクション　http://dl.ndl.go.jp/info:ndljp/pid/931166

アインスタイン教授に逢うて

瑞西チューリツヒのポリテクニクムで私は始めてアインスタイン教授に逢ひました。言ひ難い敬虔と喜悦とに充たされながら私は近代物理学の革命を成就したこの若い碩学に相対しました。

名に慕へる相対論の創始者にわれいま見ゆるこころうれしみ
われの手をひたすらにとりてもの言へる偉いなるひとをまのあたり見る
世を絶えてあり得ぬひとにいま逢ひてうれしき思ひ湧くもひたすら
嬉しめば教室のなか明《あか》かりき偉いなるひとにわが対ふいま
まろき眼はひかりてありぬその瞳我に向きつゝ和みたりしか

アインシュタイン博士に
ノーベル賞金を授與
原子の構造模型を案出した
ニールス・ボール博士にも

愛知敬一博士談

◇最近のアインシュタイン博士

厚みたるくちにもの言ひあたゝかみ溢るゝが如き情《こゝろ》したしも
部屋のなか空気ふるひて流れたりぬ我があふぐひとの息にいるべく
偉いなるひとを我がみぬうちひそみ黙居《もだを》るにいや面したはしく
夜の会終ふる時刻《とき》頃を学者らのむれぞよめけり教室のまへ
かすたにいの並樹まぶかき夜のみち人はたからかに語りてゆくも
街灯のひかりながらふ舗道《いしみち》をくろき帽子のひとら並みゆく
学者らのむれ羨《とも》しけれや山腹をくだりていゆく光れる街に
街なかのかふええの庭に夜おそく語り疲れておも酔ひにけり
銀のごとく霧しろくくだるこの夜をともしみて山に帰りゆくなり　　一九一七年九月作

(17) 一九三三年頃、ドイツのユダヤ人迫害、戦争などの関連で、新聞各誌がアインシュタインの記事を頻繁に掲載する。例として次にあげる。

大阪時事新報 1932.3.1（昭和7）「アインシュタイン博士の大誤算」
国民新聞 1933.1.4（昭和8）「所謂軍縮会議とは戦争の為である　アインシュタイン博士の軍縮観」
神戸又新日報 1933.3.17-1933.3.26「戦争行為なしに大猶太の建国、向上　費府のユダヤ建国会議とアインシュタイン」
中外商業新報 1933.4.3「人種的偏見か政治的必要か　ヒトラーのユダヤ人退治」
朝日新聞 1933.11.16「アインシュタイン博士の受難」

(18) 桂井富之助著『コロイド理論』河出書房　一九四七年

(19) 斎藤茂吉著「人麿短歌評釈」『斎藤茂吉全集』第十六巻　岩波書店　一九七四年　P.358

※日記によれば一九三三（昭和八）年～一九三四（昭和九）年ごろの執筆
「併し、かく実用的に解釈する以外に、構成された一首の歌として見るときには」の「かく」は、鑑賞の「一首の意味の内容は、『久しき時ゆ、念ひき吾は』だけなのに、上にいろいろ附加へて、意味と調子の補充をして居る。これは、一首を構成するうへの一つの手段にもなるが、相手のものに特殊の感情を伝達し得るための技巧とも看做すことが出来る」の部分をさしている。

（20）「渡りことば」とは、句またがり（行末以外で句、節、文の統語上の単位を句切る）の詞。

（21）『作歌四十年――自解自選』筑摩書房　一九七一年　※昭和十七年執筆準備、昭和十九年執筆

第Ⅱ章

声調の「屈折」とは何か

のど赤き玄鳥《つばくらめ》ふたつ屋梁《はり》にゐて足乳根《たらちね》の母は死にたまふなり

はじめに

のど赤き玄鳥《つばくらめ》ふたつ屋梁《はり》にゐて足乳根《たらちね》の母は死にたまふなり
『赤光』

これは斎藤茂吉の代表作のひとつで人口に膾炙している。上下句の関係が稀薄なこの構成の型は、茂吉が「屈折」と呼ぶもので、現代短歌に継承され今日多くの歌人が取入れて行う。本章は、「屈折」といわれる様式の誕生と確立を考察する。

1　腰折歌の再評価〜「死にたまふ母」と万葉集巻七・一〇八八番歌〜

古来、上下句の離れた歌は「腰折」と言われた。「腰折」とは、『六百番歌合』(1)に、つぎのようにいう。

歌に有称腰折云事者、中五字与下七七離別せるを謂ふ也
(歌にありて腰折れといふ事は、なか五字にくみする下七七離別せるをいふなり)

これは『六百番歌合』の判者・俊成の言葉である。俊成によれば、「腰折」とは、五七五と七七が「離別」している。つまり、上の句と下の句に意味上の関連のないかたちをさすのである。
また「腰折」の具体例を『永縁奈良房歌合』にたずねると、七番の歌(2)

　白浪の立田の川のしるきかな山の桜は散りにけらしも

これが「腰折」であるという。上の句は「白浪の立田の川のしるきかな」（白浪の立つ立田川は著しいことだ）と川の景をいい、下の句は「山の桜は散りにけらしも」（山の桜は散ってしまったらしい）と山の景をいう。

　この歌に対して判者の源俊頼は、「しるきかなといへる腰の文字、あさはなれて聞こゆ」（「しるきかな」といっている腰の文字は、ひどく離れて聞こえる）と批判している。つまり、上下句に別々のことをいうのが腰折なのである。

　また、こうした「腰折」を当時の人々はどのように考えたか。『源氏物語』[3]の例を見てみると、「よき若人ども集ひ、装束ありさまはえならずととのへつつ、腰折れたる歌合はせ……」という一文がある。これは、若い人が服装を整えてへたくそな歌の歌合わせをしているという痛烈な皮肉である。このように「腰折」とは、古来、下手な歌を意味していたのである。

　ここで、「腰折」とその他の古典の歌の違いをはっきりさせておきたい。短歌は、通常初句（第一句）〜結句（第五句）までの続き具合が密接であるが、そうした中で、「疎句」と呼ばれる上下句の切れるかたちも多い。中世の連歌書『ささめごと』（心敬著）によれば、藤原定家は「疎句にのみ秀逸はあり」といったという。つまり、「疎句」とは、古来の秀歌のかたちなのである。しかし上下句で切れる「疎句」と、上下句が離別している「腰折」とは、一体どこが違うのか。

『ささめごと』の「疎句」の具体例に次のような歌がある。

　鷺のゐる池の汀の松ふりて都のほかの心地こそすれ

これは風雅和歌集に採られた定家の歌である。鷺のいる池の汀に生えている松が老いて、まるで都の外にいるような心地がする、という。つまり、松が大きくなり野性的な印象であるため、どこか山中にでも来たような心地がするというのである。この歌は、都にあって意外なものを詠んでいるが、上下句の文意は繫がっている。さらに、次のような歌もある。

思ふことなどとふ人のなかるらん仰げば空に月ぞさやけき

これは上の句で、なぜ訪れる人がないのだろうか、といい、下の句で、空を仰ぐと月が美しく輝いているという。つまり、こんなに月の明るい夜なのに、あの人はなぜ訪ねてこないのか、という気持ちを詠んでいるのであり、上下句は二文であるが、文意は繫がっている。このように「疎句」とは、上下句に意外なものを詠んだり、上下句が二文であるものの、決してバラバラのことをいうものではない。この点で上下句がどう繫がるかわからない「腰折」とは大きく異なる。

こうしたことは、当然茂吉も知っていた。ところが茂吉本人は、先述の「のど赤き玄鳥《つばくらめ》ふたつ屋梁《はり》にゐて足乳根《たらちね》の母は死にたまふなり」をはじめ、「たたかひは上海に起こりゐたりけり鳳仙花の花散りゐたりけり」など、文意の繫がりの見えない「腰折」に極めて近いかたちを実作で盛んに行なっている。その上、「腰折」とみられてきた歌を高く評価するのである。

茂吉が評価する「腰折歌」は、人麻呂歌集の一首（万葉集巻七・一〇八八番歌）である。

あしひきの山河の瀬の響《な》るなべに弓槻が嶽《たけ》に雲立ちわたる

この歌は上の句に川の瀬音をいい、下の句に山の雲をいうもので、さきに見た『永縁奈良房歌合』七番の歌のかたちに酷似している。茂吉も言っているように、この歌は、古来ほとんど注目されることはなく、明治に入ってもまだ評価されなかった。ところが、茂吉は、次のように評する。

この歌は、分析すると上の句で『の』の音を続けて、連続的・流動的・直線的にあらはして、下の句で屈折せしめて、結句では四三調（二二三調）で止めてゐる。これなども誠に自然であつて、一首はそのやうな関係で動的に鋭くなつてゐるのである。

『斎藤茂吉全集』第十七巻 P.65

茂吉は、上の句で「の」が三回続くことを連続的、流動的といい、比喩などを用いないことを直線的と捉える。また下の句で歌の世界観ががらりと変わることを、「屈折せしめて」というのであるが、この「屈折」は、さきの『永縁奈良房歌合』でいえば、「腰の文字、あさはなれて聞こゆ」ということになる。茂吉は「誠に自然であつて、一首はそのやうな関係で動的に鋭くなつてゐる」と従来の腰折を逆に高く評価し、「作歌稽古上からいへば余程有益なるものである」とまで言っている。

また、これと類想の巻七・一〇八七番歌も、「腰折」に極めて近いかたちといえる。

痛足河《あなしがは》河浪立ちぬ巻目《まきむく》の由槻が嶽に雲居立てるらし

こちらは二句切れである。初句〜二句に川浪がたったことをいい、三句〜五句に山の雲を予測していう。これも古来は評価されなかった歌であるが、茂吉は、つぎのように評する。

そして一首の声調は渾然としていささかの破綻もなく、却つて一種のひびきとして受取ることが出来、後世の歌の如くこせこせした事物を詰め込んだのよりもずつといい効果を収めて居る。それから第二句で切つて結句で切り、『巻向の由槻が嶽に』のところののがにの関係などは実に及びがたい味ひである。

『斎藤茂吉全集』第十七巻 P.60

茂吉は「いささかの破綻もなく」と言っている。しかし、上下に別々のことをいうかたちは、古来は破綻と見られていたのである。二首は、和歌の歴史のなかでほとんど評価されず、明治に入ってもその評価は低かった。これらの歌の評価が覆ったのは、大正のはじめ頃である。茂吉によれば、大正初年頃よりアララギの青年たちのなかでこれらの歌の評価が高まったという。その最初は、伊藤左千夫が一〇八八番歌を評価したことにはじまると、つぎのようにいう。

伊藤左千夫がこの歌の特色に就いて門人に口伝し、門人等が大正の初年ごろから雑誌アララギを中心として此歌を強調したのに本づくのである。私がこの事をいふたびに、或人は、あが仏尊しと感ずるといふが、これは敢て歌の方ばかりではない、自然科学などの場合でも同じであるが、学問の発展はこれに類似の原因に本づく場合が多いのであり、学問界に於てプリオリテエトを重んじて明記するのはそのためである。

『斎藤茂吉全集』第十七巻 P.71

このように茂吉は伊藤左千夫をプリオリテエト（先取権）とし、左千夫の口伝から評価が高まったといっている。ところが、「大正の初年ごろから雑誌アララギにこの歌を強調した」のは、ほかならぬ茂吉本人のようだ。大正二年七月号『アララギ』「万葉短歌抄」を見ると、茂吉は「予はこの歌を幾度もアララギに書いた」と言っている。つまり、ほかならぬ茂吉本人が、この歌を繰り返し評価し続けていたのである。また同時期に、これらの歌に酷似したかたちを実作で繰り返す。そのかたちは、後の第一歌集『赤光』の特色ともいえるひとつの様式となる。こうした茂吉の一〇八七番歌、一〇八八番歌への評価、および実作への応用は本章第7節で述べるが、最初に一九一〇（明治四十三）年に伊藤左千夫との間で物議を醸した「木のもとに梅はめば酸しをさな妻ひとにさにづらふ時たちにけり」に見えはじめる。以降、類似のかたちを多作し、いずれも上下句の違和感から長く問題作とされている。繰り返すようであるが、それらは古来「腰折」と呼ばれる歌に極めて近いかたちをしていた。「腰折」は明治に入ってもまだ禁忌のかたちであったために、最近までこうしたかたちの歌に違和感が持たれたのである。今日では、この形の短歌が氾濫しているため茂吉の革命的な新しさを理解し得ない人も多いが、茂吉は極めて大胆に自覚的にこれを行ったのである。「屈折」の完成には第Ⅲ章で述べるようにヨーロッパの新興芸術の影響も考えられるが、それは一九一二（大正元）年の後半以降である。この茂吉の歌の様式は、和歌の常識を覆したものと言って良い。本章では、まず、茂吉のいう「屈折」の声調に注目し、それがどのような経緯で茂吉の評語に使われたものか、また、歌のもつ強さ、すなわち読み手に与えるインパクトがこの構成から生じる理由を見てゆきたい。

2　斎藤茂吉以前の「曲折」と「屈折」

2－1　伝統的和歌批評用語「曲折」と「屈折」

前項で、所謂「腰折」の一つである人麻呂歌集の一首（万葉集巻七・一〇八八番歌）、

あしひきの山河の瀬の響るなべに弓槻が嶽に雲立ちわたる

に対して、茂吉が「屈折」と評したことを述べた。茂吉は、これは「腰折」ではなく「屈折」だ、と

そこに新しい価値観を見出しているわけだが、その「屈折」とは、そもそもどんな歌をいうのだろうか。具体的に見る前に、歌の評価に「屈折」を使用した例を見ておく。茂吉以前に、「屈折」という言葉を歌の評価語に使った人物といえば、例えば正岡子規、それからその弟子の伊藤左千夫も、万葉集の歌の評価に「屈折」を用いている。そういう風に考えると「屈折」は、子規→左千夫→茂吉と師から弟子へ受け継がれたもののように見えるが、彼らの言う「屈折」は、それぞれ微妙に異なる。茂吉はこれから見てゆくように、先人の声調論を彼なりに深化させるとともに、万葉集の声調として「屈折」というのである。

今ひとつ触れなければならないことは、子規、左千夫、茂吉の三人が、「屈折」の類義語「曲折」も同時に用いていることである。論述の都合上、まずこの「曲折」について述べる。「曲折」は、古今集以来の和歌の伝統のなかで用いられてきた言葉で、アララギでも島木赤彦、釈迢空、中村憲吉らは、「曲折」のみを批評に用いて「屈折」は用いていない。それは「曲折」のほうが一般的に馴染み深い短歌の批評用語だったからだ。

和歌の批評用語に用いられた「曲折」は、古今集の真名序に、

若夫春鶯之囀花中。秋蟬之吟樹上。雖無曲折。各発歌謡。物皆有之。自然之理也。

（春の鶯の花の中に囀り、秋蟬の樹の上に吟ふがごときは、曲折なしといへども、各歌謡を発す。物皆これあるは、自然の理なり）

とある。この文の現代語訳（新編全集）は、「春になれば鶯が花の間でさえずり、秋になれば蟬が木

の枝で鳴くのを聞くならば、込み入った理由はないが、すべて歌をうたっているのである、万物みな歌を持っていることは自然の理法である」という。「曲折」とは「込み入った理由」即ち、歌をうたうべき特別な理由と捉えられる。また、「曲折」は、時代が下った中世の伝御子左忠家筆本『和歌體十種』[4]や本居宣長の『玉勝間』[5]にも見える。ただし『玉勝間』の「曲折」は、宣命譜にしるされた調子のとりかた「音詞曲折」を言うものである。このように、伝統的に和歌の批評において「曲折」が用いられてきたのであり、その伝統の上に、近代短歌でも「曲折」が一般的に用いられたのである。そこに新たに「屈折」という用語が使われ始めた。それは「曲折」では把握しきれないものを把握し表現するためであったと見てよい。

それでは、「屈折」がなぜ近代以前まで和歌の評価語に使われていなかったのか。

2-2　漢籍の「屈折」及び物理学の「屈折」

漢籍の「屈折」は、身を折り曲げる意、精神的な屈折、屈辱の意など古くから使われている。ところが、日本では十六世紀以前の文献に「屈折」を見出すことができない。現在確認されているところでは、十六世紀の『四河入海』[6]に登場するのが早い例である。『四河入海』の「屈折」は、「彼美石淙荘毎到。百事廃泉流知人意屈折作」（此の泉も、主人の子華が意を知て、ここでは屈してよからう、あそこではすぐでよからうと思て、わざと屈折して、主人の思やうに流るるぞ）というもので、泉の流れが主人・子華の意を知って折れ曲がるか真っ直ぐに行くか判断してわざと屈折する、という擬人法である。以後、特徴ある用法は、明治初期にヨーロッパから導入された言語学で「屈折語」という分類の他、一八七五年の『明六雑誌』四二号に、西村茂樹が近代的「権理」（権利）を論じたなかで[7]

「屈折」が見える。これは、西洋の権利とはどういうものかを説明した文で、「十分の権理」は、己の智力をもって保全し得、国家権力などが及ぶことなく個人の財産や個人の尊厳などを主張することができるもの、というのである。ここでいう「屈折」は、「屈曲」「屈服」などの意味に近く、「屈折を受ざる」とは「捻じ曲げられない」「侵されない」の意である。以上を見る限り、漢籍の及び言語学系、社会学系のそれは、和歌評価語と直接関係しないと見てよい。

他に、自然科学分野、特に物理をみると、「屈折」は早くから用いられていた。物理学分野は江戸時代には、哲学分野などとともに窮理学の一分野とみなされていたが、明治期には、それらが別々に発展して、社会科学と物理学という異分野の学問とみなされるようになった。江戸期には同一の分野であるから、両分野が共通する専門用語として「屈折」を獲得したというのも自然であろう。明治に入り物理学の教科書として最も広く読まれた『物理階梯』一八七六年に[8]「屈撓スルモノヲ光ノ屈折ト名ツク是光ノ一殊性ナリ」とあり、これまで「屈曲」「撓折」など定まらなかった称が「屈折」に統一される。以降、「屈折」は物理学の用語として定着する。また、これと前後して一八七九（明治十二）年に出版された『士都華氏物理学』[9]でも第六篇第二十九課に「光ノ屈折」、同年出版の『改正物理全志』にも「光之屈折及ビ其規則」が見え、主として「光の屈折」として用いられていることが注目される。

なお、光線について「曲折」が使用されなかった理由については、日本古来の「曲折」の概念では光の現象を捉え難く思われたためであろう。「屈折」は、「曲折」「屈曲」「撓折」と似通った意味を持つが、それまでの日本では、一般的には認識されることがなかった、光線の進行方向が変わるという事象、これを説明するに新しい概念をあらわす言葉として採用されたものと考えられる。

次項では、短歌の評価語として使用の始まった「屈折」を見てゆく。

3　正岡子規の「曲折」と「屈折」

「屈折」は明治に入り物理学や社会科学分野で用い始められたが、これにやや遅れて、短歌や俳句の批評にも使われ始める。『俳諧大要』（一八九五〈明治二十八〉年、新聞「日本」に発表された）正岡子規の一文[10]を見ると、

生きて世に人の年忌や初茄子　　几董

と言へる句の如き陳腐に似て陳腐ならず卑俗にして卑俗ならず奇を求めず巧を弄せざる間に無限の妙味を持たせながら常人は何とも感ぜざる可し否何とも感ぜぬのみならずこれにては承知せざる可し年忌の法会などならば其人を思ひ出すとか今に幻に見ゆるとか年月の立つのは早いものとか彼人が死でから外に友が無いとか涙ながら霊を祭るとかいふ陳腐なる考を有り難がるも常人ならば詮方無きも文学者たらん者は今少し考へあるべし此几董の句にても「生きて世に」と屈折したる詞の働きより「人の年忌や」とよそ〱しくものしたる最後に「初茄子」と何心なく置きたるが如くにて其実心中無限の感情を隠し言語の上に意匠惨憺たる処は慥かに見ゆるなり

『子規全集』第四巻 P.380

と、傍線のように「屈折したる詞の働き」という。つまり子規は、この句が「生きて世に」ではじま

り、そこから「人の年忌」という予定調和を破った表現を賞賛する。「生きて世に」は生命感あふれる人間の現実の世をさし、「人の年忌」は死者を回顧する行事である。子規は、この二つの異質なことがらのぶつかり合いを「屈折」という。

だが、子規の「屈折」はこの一例のみであって、これでは短歌俳句の批評に一般的に用いられたのか、判断がつかない。そこで類語である「曲折」「屈曲」を考慮に入れて今少し検討してみたい。

子規は「古池の句の弁」に、

古池や蛙飛びこむ水の音　芭蕉

を「隠さず掩はず、一点の工夫を用ゐず一字の曲折を成さゞる処、此句の特色なり」（『子規全集』第五巻 P.95）と評している。これは、句の全体に統一感があり、飛躍もずれもないことを「一字の曲折を成さゞる」というのである。

また子規は、「曙覧の歌」[11]に、

賤家《しづがいへ》這入せはめて物うゝる畑のめくりのほほつきの色

を次のように評する。

此歌は酸漿を主として詠みし歌なれば一二三四の句皆一気呵成的にものせざるべからず。然に此歌の上半は趣向も混雑し且つ「せはめて」などいふ曲折せる語もあり、かた〴〵以て「ほほつきの色」といふ結句を弱からしむ。　『子規全集』第七巻 P.153

つまり子規は、不用意でわかりにくい詞により一首の焦点があわなくなっていることを「曲折」と言うのである。この「曲折」は現代ならば「屈折」というところであるが、当時はまだ「屈折」は一般的ではなかった。

『俳人蕪村』[12]では、蕪村の次の十三の句、

草霞み水に声なき日暮かな
燕啼いて夜蛇を打つ小家かな
梨の花月に書読む女あり
雨後の月誰そや夜ぶりの脛白き
鮓をおす我れ酒かもす隣あり
五月雨や水に銭踏む渡し舟
草いきれ人死をると札の立つ
秋風や酒肆に詩うたふ漁者樵者
鹿ながら山影門に入日かな
鴫遠く鍬すゝぐ水のうねりかな
柳散り清水涸れ石ところ〴〵
水かれ〴〵蓼かあらぬか蕎麦か否か
我をいとふ隣家寒夜に鍋を鳴らす

に対して、子規は次のようにいう。

一句五字又は七字の中猶「草霞み」「雨後の月」「夜蛇を打つ」「水に銭踏む」と曲折せしめたる妙

は到底「頭よりすら〳〵と言ひ下し来る」者の解し得ざる所、しかも洒堂凡兆等も亦夢寝にだも見ざりし所なり。

『子規全集』第四巻 P.646

この「曲折の妙」とは、蕪村の句「草霞み水に声なき日暮かな」の「草霞み」が春の状景であるのに対し、「水に声なき日暮れ」が静かな秋の夕暮れを思わすところに一種の齟齬があるにもかかわらず、句としては調和していることをいう。次の「雨後の月誰そや夜ぶりの脛白き」は、「雨後の月」で一旦きれて、「誰そや」としたところに飛躍を感じつつ、全体を通してみた時（雨後の月に、誰だろうか、夜振りをしている脛が白い）は調和がとれている（※「夜振り」は、夏の夜にたいまつなどを点して、寄ってくる魚をとること）というのである。また、「燕啼いて夜蛇を打つ小家かな」は、家の軒などに巣を作っている燕が夜に鳴いたので、蛇が狙っていると察して蛇を打つ、という不気味な内容である。蛇がいる家は一般的には大家と連想するのに反して、ここでは「小家」となっているので、「夜蛇を打つ」と「小家」の間に飛躍が感じられるが、全体としては調和がとれている。また、「五月雨や水に銭踏む渡し舟」は、五月雨のなかで渡し船の底に水がたまり、その中に落ちた銭を踏む、すなわち「舟」の中に雨水がたまるという意外性の中で、「水に銭踏む」と「渡し舟」は調和がとれている。このように「曲折の妙」は、予定調和でない発想がもたらす面白さをいう。

こうして見ると、子規の「屈折」は、異質なふたつのことがらのぶつかり合い、「曲折」は、意味の飛躍や意外性をいう。ただし「曲折」は、この段階では、今でいう「屈折」の意味で用いられることもあれば、そうでない場合もあり、曲折と屈折の意味が区別されているとは言えないようである。

では、弟子の伊藤千夫の「曲折」と「屈折」はどうだろうか。次に見て行きたい。

4　伊藤左千夫の「曲折」と「屈折」

声調の分析に「屈折」という語をより積極的に用いたのは、伊藤左千夫である。左千夫は『万葉集新釈』[13]に巻一・一九番歌の井戸王即和歌（『左千夫全集』第七巻 P.89）、

へそかたの、はやしのさきの、さぬはりの、きぬにつく なす、目につく吾か背。

をとりあげ、つぎのように評する。

かう云ふ風な和し方が、ほんとに和する歌になるのである、単に詞の上にのみ、調子を合せる和へ方は、戯れであるのだ、此歌只無造作に詠み下した歌のやうなれど上三句の間に「の」の字が四つ使つてあるが、其使方が何となく語調をなして居る、下二句も二句共に語音の屈折が、上の「の」字の使方と調和して、音節に愉快を感じさせる歌である。『左千夫全集』第七巻 P.90

左千夫は、この歌の下の句「きぬにつくなす、目につく吾か背」を「語音の屈折」と呼ぶ。これは、意味上まったく関連のない「きぬ」と「目」をぶつけた転調、そこに接続する同音の「つく」による音の連続感をいう。つまり、左千夫の声調の「屈折」は意味と音とを考慮したものであった。

また、左千夫は「屈折」とほぼ同義で「曲折」を使っている。万葉集巻一・一六番歌（『左千夫全集』第七巻 P.23）、

冬ごもり、春さりくれば、鳴かざりし、鳥も来鳴きぬ、さかざりし、花も咲けれど、山をしみ、

入りても取らず、草深み、とりても見ず、秋山の、木の葉を見ては、もみぢをば、とりてぞしぬぶ、青きをば、置てぞ嘆く、そこしたぬし、秋山吾れは。

について、

全篇十八句より成立つた短篇であれど、第四句で切れ、第八句で切れ、第十句で切れ、第十四句で切れ、第十六句で切れ、最後の二句又共に一句独立の句で結んで居る、十八句中七個所に切句を使つて居る。句法の変化此類の如きは少なからう。大抵の人は此歌を平坦に読去つて深き注意を留めないのであらう。さうして句法の曲折変化に妙を尽して居るに気付かないのであらう。

『左千夫全集』第七巻 P.26

と「句法の曲折」という。この額田王の歌は、冬ごもりの後の春に、鳴かなかった鳥が鳴き、咲かなかった花が咲いたけれど、山が茂っているので入って採らない、草が深いので取っても見ない、秋山では紅葉を取って賞賛し、青い葉は取らないで嘆く、秋山のほうがよい、など、すべて前の句から予想される結果をすこしずつ裏切りながらずれ、下につづいている構造である。予測を少しずつ裏切りながらドに続くことが左千夫の「曲折」と見える。

この左千夫の「屈折」と茂吉の「屈折」は明らかに違うものである。このことについては、6に述べるが、その前に漢詩の評価語として使われた「屈折」についても触れておきたい。

5　鈴木虎雄と徳冨蘇峰の漢詩の「屈折」

一九二〇年頃の日本では、アインシュタインの来日前後に物理ブームが起っていた。その影響で、韻文の批評にも「屈折」などの物理学用語を用いるのが流行った。漢文学者・鈴木虎雄も、一九二二（大正十一）年出版の『続国訳漢文大成』の総説（文学部第四巻「杜少陵詩集」P.72～75）に「若し物理的の形を示すならば」として、つぎのように説く。

白楽天の詩の如きは、我々は之を円転流麗と称するは、その句意のうつりゆき滑かなるを以てしかいふなり。杜甫の如きは然らず、そのうつりゆきは極めて急角度の屈折をなすものなり

これを茂吉が『柿本人麿』に引用している。鈴木虎雄のいう杜甫の「急角度の屈折」とは、杜甫の詩句の流れについていうものである。(14) 茂吉はこの鈴木虎雄の評から、かつて一九一七年に徳冨蘇峰が著した次のような杜甫評を想起するといっている。

其の変化、開闔の端倪す可らざる、剣士の双刀を舞はすが如し。唯だ観客をして目眩し、神悸せしむるのみ。由来格法、律調の、厳密なる束縛の裡にありて、此の如き、大自在力を逞うし来るもの、是れ実に彼が詩人としての天賦による乎、素養による乎、将た両ながら其の宜きを得たるが為め乎。

『杜甫と弥耳敦』P.662

この蘇峰の評は、『杜甫と弥耳敦[15]』のなかにある。蘇峰は杜甫について「されど一切の詩の形式は、彼によりて活用せられ、応用せられ、開展せられ、発達せられたり。此の如くして彼は後人の為に、無数の法門を開らき……」（P.582）と、杜甫が今日の漢詩の詩型の基礎を築いたといい、その詩型は「其の変化、開闔の端倪す可らざる、剣士の双刀を舞はすが如し」と評する。さらにそうした杜甫の作中でも「秋興八首」を傑作とする。蘇峰の賞賛する「秋興八首其一」はつぎのような詩である（新釈漢文大系より）。

玉露凋傷楓樹林
巫山巫峡気蕭森
江間波浪兼天湧
塞上風雲接地陰
叢両開佗日涙
孤舟一繋故園心
寒衣処処催刀尺
白帝城高急暮砧

この原詩を蘇峰は次のように読み下す（P.626）。

玉露凋傷す楓樹の林、
巫山巫峡気蕭森。
江間の波浪天を兼ねて湧き、
塞上の風雲地に接して陰る。
叢菊両び開くは他日の涙ならむ、
孤舟一に繋ぐは故園の心よりす。
寒衣処処刀尺を催す、
白帝城高くして暮砧急なり。

参考のために黒川洋一の日本詩歌訳(16)をあげる。

玉のような露はかえでの林を凋ませ傷ませ、
巫山巫峡一帯に秋風がしいんと立ちこめた。
長江の激浪は天にもとどかんばかりに沸き立ち、
城塞の上に風雲は地にひくくたれこめてあたりを暗くとざしている。
蜀を去ってからこれまで菊の花が二度まで開くにあうが、その過ぎ去った日々をみたすものは涙ばかりである。
また一そうの小舟を岸にじっと繋いだままでいるが、その小舟に私は望郷の心をつなぎとめているのだ。

冬着のしたくのために方々では裁縫にいそがしいとみえ、
白帝城の高くそびえるあたりでは夕暮れのきぬたがせわしげに音をたてている。

これは所謂「起承転結」の構成で、言わば漢詩の基本中の基本形とも言える。このなかで蘇峰が「剣士の双刀を舞はすが如し」というのは、第五句第六句「叢菊両開佗日涙　孤舟一繋故園心」を指すと思われる。いわゆる「起承転結」の「転」にあたる部分である。この詩は、杜甫が七六五年成都を去り長江を下って一年九ヶ月夔州に滞在した頃の作で、最初の二句は、眼前の巫山巫峡の秋の冷たい空気を伝え、次の二句は前の句を承けて巫山の下を流れる長江の壮大な波と雲があらわれている。次の二句は、一転、望郷の念にかわり、流浪の身に刺すような孤独がただよい、最後の二句は、再び現実にもどり、周囲の家々の冬支度が描かれる。この転の部分は、それまでの眼前の景から一転望郷の思いに変わる。蘇峰が「剣士の双刀を舞はすが如し」というのは、眼前の景から望郷へ展開するありかたをいうと見られる。茂吉は、人麻呂の長歌の急な展開の有り様に、漢詩の用法に似た効果があると感じていたのである。しかし、漢詩は和歌の用法とは異なり、転じた内容が元の筋に戻ることにも注意しなければならない。茂吉はそれを「詩と歌との本態に順つて差別がある」（『斎藤茂吉全集』第十六巻 P.716）と言っている。

次節では、茂吉の「曲折」と「屈折」について述べる。

6　斎藤茂吉の「曲折」と「屈折」

6-1　斎藤茂吉の「曲折」

茂吉も歌の評価語として「曲折」を用いたが、それは以上みたような、和歌の評価語（子規・左千夫を含めた）の流れを受けてのものであった。以下に、茂吉の「曲折」をみたい。

茂吉の「曲折」は、まず『柿本人麿』（評釋篇巻之上「人麿短歌評釋」）の万葉集巻三・二六六番歌、

淡海の海夕浪千鳥汝が鳴けば心もしぬにいにしへ思ほゆ

についいて述べたつぎの部分にみられる。

この歌はやはり人麿一流の、流動性を持つた声調を特徴とする歌であるが、『もののふの八十氏河』の歌のごとくに一気連続のものでなく、もつと曲折し、休止し、転回しつつ、複雑にして遒潤沈厚な調べをなしてゐるのがこの一首の特徴である。

『斎藤茂吉全集』第十六巻 P.295～296

また同じ歌について『万葉秀歌』にもつぎのようにいう。

この歌は、前の宇治河の歌よりも、もっと曲折のある調べで、その中に、『千鳥汝が鳴けば』といふ句があるために、調べが曲折すると共に沈厚なものにもなつてゐる。

『斎藤茂吉全集』第二十二巻 P.174

茂吉は、この歌を「曲折のある調べ」「調べが曲折する」という。詳述すると「あふ（おう）み」「う

み」、「ゆふ（ゆう）なみ」「なが」「なけば」、「しぬに」「いにしへ」と近似の音の繰り返しがあり、これを「流動性を持った声調」というのである。「曲折」は、上の句「淡海の海夕浪千鳥汝が鳴けば」と下の句「心もしぬにいにしへ思ほゆ」の間にある。ここでは「千鳥汝が鳴けば」という原因により、「心もしぬにいにしへ思ほゆ」という心の状態がうまれているが、鳥が鳴くことと昔を思うことには直接の関わりはない。個人的出来事の存在によって昔が思い出されるのである。

こうした個人的な要因によって上下句に飛躍が感じられる歌は、王朝和歌にしばしば見られる。たとえば、伊勢物語に登場する、

　　五月まつ花橘の香をかげば昔の人の袖の香ぞする

がある。この歌にある「花橘の香」と「昔の人の袖の香」は直接の関係はないが、個人的要因により昔が思い出される。これは万葉集巻三・二六六番歌と同じ型である。またこの歌の派生形とみられる新古今和歌集の、

　　橘のにほふあたりのうたた寝は夢も昔の袖の香ぞする　　俊成女

は、「橘のにほふあたりのうたた寝」と「昔の袖の香」には直接の関係はないが、和歌上の約束ごとによって個人的要因を想像させることにより上下句がつながっている。茂吉が「曲折」と呼ぶものは、この個人的要因のことであり、和歌の歴史の中で長い間繰り返された型と言える。

では、茂吉の「屈折」はこのような「曲折」とどのように異なり、どのような短歌評価語として確立しているかを次項に述べる。

6-2　斎藤茂吉の「屈折」〜論の確立時期〜

茂吉がいう「屈折」は、所謂「腰折」のかたちに近く、従来は評価されなかった万葉集巻七・一〇八八番歌についての評価言の中に用いられている（第1節参照P.42）。

あしひきの山河の瀬の響るなべに弓槻が嶽に雲立ちわたる

この歌は、分析すると上の句で『の』の音を続けて、連続的・流動的・直線的にあらはして、下の句で屈折せしめ、結句では四三調（二二三調）で止めてゐる。これなども誠に自然であつて、一首はそのやうな関係で動的に鋭くなつてゐるのである。

『斎藤茂吉全集』第十七巻 P.65

この歌もなかなか大きな歌だが、天然現象が、そういう荒々しい強い相として現出しているのを、その侭さながらに表現したのが、写生の極致ともいふべき優れた歌を成就したのである。なほ、技術上から分析すると、上の句で、「の」音を続けて、連続的・流動的に云ひくだして来て、下の句で『ユツキガタケニ』と屈折せしめ、結句を四三調で止めて居る。ことに「ワタル」といふ音で止めて居るが、さういふところにいろいろ留意しつつ味ふと、作歌稽古上にも有益を覚えるのである。

『斎藤茂吉全集』第二十二巻 P.261～262

これによれば、茂吉は、上の句「あしひきの山河の瀬の響る」と「の」を三回続けるところを「連続的」「流動的」といい、比喩を用いないことを「直線的」とし、その後下の句「弓槻が嶽に雲立ちわたる」で「屈折」しているという。これを分かりやすく示すと、

・A「山河の瀬の鳴る」＝聴覚的世界（※川瀬の波も見えているが聴覚に単純化、と茂吉はいう）
・B「弓槻が嶽に雲立ちわたる」＝視覚的世界

となる。つまり一首のA（上の句）は聴覚の世界であり、B（下の句）は視覚の世界である。因果関係のないふたつの世界を「なべに」という語でつないでいる。これは第Ⅰ章で見た、古来の「腰折」に極めて近い形である。茂吉の訓「なべに」は、通説では原文「苗」をなへと訓む。新日本古典文学大系によれば「なへに」は、「事態が同時に並行し進行する意を表す接続詞」とある。これを茂吉の言葉にすると、「この歌でナベニと用ゐたのは、川浪の激つ音と雨雲の動いてゐるさまとを、原因結果の関係でなしに二つを接近せしめて観入してゐる態度」（『斎藤茂吉全集』第十七巻 P.66）と、やや難解な表現をしているが、これは「事態が同時に並行し進行する」その世界に自らが融け込むことだと理解してよい。

このような歌の世界が途中で大きく変わるという茂吉の捉え方は、『柿本人麿』のなかで巻一・二九番の長歌を評しているところで、より具体的に述べられている。まず二九番歌を引用する。

玉襷　畝火の山の　橿原の　日知《ひじり》の御代ゆ　生《あ》れましし　神のことごと　樛《つが》の木の　いやつぎつぎに　天の下　知らしめししを　天《そら》にみつ　大和を置きて　あをによし　奈良山を越え　いかさまに　念《おも》ほしめせか　天離る　夷にはあれど　石走る　淡海の国の　楽浪の　大津の宮に　天の下　知らしめしけむ　天皇の　神の尊の　大宮は　此処と聞けども　大殿は　此処と言へども　春草の　繁く生ひたる　霞立ち　春日の霧《き》れる　百磯城《ももしき》の　大宮処　見れば悲しも

『斎藤茂吉全集』第十六巻 P.416

この歌について茂吉は、

この長歌も人麿の他のものの如く、波動的連続の句法を以て進行して居るのであるが、それでも部分部分の屈折あり、休止あり、変化あり、反覆あり、そして一つの形態をなしてゐるとも看做すことが出来る。

『斎藤茂吉全集』第十六巻 P.434

と、全体は波動的句法（「波動」については第Ⅴ章参照）としつつも、部分的に「屈折」の技法が用いられているとする。茂吉が「屈折」とするのは、初句から「知らしめししを」までの流れから、次にくると予想される歌句（いかさまに念ほしめせか）を裏切って、「天にみつ」と転調していることをさす。それは、

『いかさまに思ほしめせか』といふべきところを、『天にみつ大和をおきて、青丹よし奈良山を越え』の次に置いてゐる。これはこの一つの連続声調と、次の連続声調、『天離る夷にはあれど、石走る淡海の国の、ささなみの大津の宮に』云々といふのとの間に挿入して、其処で感慨を籠らせて、軽佻にならないやうにおのづからなつてゐるのである。

『斎藤茂吉全集』第十六巻 P.437

という言葉にもあらわれている。茂吉はこの歌の本来の順序は、「いやつぎつぎに　天の下　知らしめししを　いかさまに　念ほしめせか　天にみつ　大和を置きて　あをによし　奈良山を越え　天離る　夷にはあれど　石走る　淡海の国の　楽浪の　大津の宮に……」であるとし、巻一・二九

番歌を「部分部分の屈折」とする。

本章の5節で見たように、茂吉は長歌の「屈折」に似たものを漢詩の技法「転」に見ながらも、「詩と歌との本態に順つて差別がある」（『斎藤茂吉全集』第十六巻 P.716）と言っている。その意とするところは、漢詩の起承転結は転で内容が大きく転じるが最終的には必ず本筋に戻る。しかし、和歌は転じた内容がもとにもどるわけでない。転じたまま異なる方向へ向かって動いてゆくのである。茂吉はこうした和歌の本態から「屈折」を捉えている。それには次に述べるような光線の屈折を参考にしたと思われる。

光線屈折の現象は、一九〇〇（明治三十三）年に出版された医学生用の受験参考書『医学生受験用物理学算式解説』(17)（佐藤為次郎編　吐鳳堂）に次のように解説されている。

◉光ノ屈折
凡ソ光線ガ稀体ヨリ濃体ニ入ルトキハ折レテ鉛直線ニ近ツキ濃体ヨリ稀体ニ入ルトキハ鉛直線ヲ遠カル

つまり、屈折とは、光が「稀體」から「濃體」という媒質の異なるものを通過するときに折れ曲がることと説明される。これを光の美という面から見ると、平常時に直進する光も美しいが、ある条件のもとで光が鮮やかに曲がると人間の脳の予測を越えている点で、見る者に光の美を強く印象付けるのである。

茂吉は、こうした光線屈折のあり様に、人麻呂歌集の歌の急な展開のありかたを喩えたと考えられる。光は歌人の心の感動であり、巻七・一〇八八番歌では光は大自然の美である。光は、まず聴覚的世界「あしひきの山河の瀬の鳴る」で音を通して大自然に共感している。読者は光がひきつづき聴覚の世界を真っ直ぐに進行すると予測するが、光は、ふいに視覚的世界「弓槻が嶽に雲立ちわたる」へ入り、不可思議な景を描き出す。自然の音から景色へ突然に飛んだように見えるが、これらは実際は連動した一体の美であり、歌われた世界は立体的に広がる。茂吉は上下句が飛躍したように見える歌を、光の屈折の現象に喩え、そこに理屈では計れない詩歌の魅力の本質を見出しているのである。

なお茂吉は、早い時期に、この様式を用いて実作にしている。つぎにそれを見てゆきたい。

7　茂吉の実作に見られる屈折の様式

まず、「屈折」の前段階ともいえるかたちは、一九〇五（明治三十八）年の次の歌にあらわれている。

はるばると母は戦を思ひたまふ桑の木の実は熟みゐたりけり

これは三句で切れて、上下句は何の関係もない所謂「腰折」のかたちである。初版『赤光』ではこのように掲載されている歌が、改選版『赤光』一九二一（大正十）年十一月発行では、

はるばると母は戦を思ひたまふ桑の木の実は熟める畑に

と下の句が改められている。倒置法として上下句は順接につながり、桑の木の実の熟れている畑で母が遠く戦地にいる息子を思う歌となった。この改稿は、写生説を確立してゆく過程で順接に表現

したほうが感銘が深まるとの判断かと思われる。茂吉にとっては「腰折」の概念を打ち破る以前の作であるが、「屈折」の萌芽と見てよいと思う。

茂吉が、「屈折」のかたちに自覚的になりはじめたのは、一九一〇（明治四十三）年の次の歌からである。

木のもとに梅はめば酸しをさな妻ひとにさにづらふ時たちにけり

この歌は、改選版でも初版のかたちのまま残されている。初句から第二句までは、木の下で梅を食べて酸いと感じたことを詠い、第三句以下は幼妻が年頃になって人に頬を赤らめるようになったことをいう。上下句別々のこれは、先に見た万葉集巻七・一〇八七番歌、

痛足河河浪立ちぬ巻目の由槻が嶽に雲居立てるらし(18)

『斎藤茂吉全集』第十七巻 P.58

と同じであるが、伊藤左千夫はこの歌を猛烈に批判し、擁護した島木赤彦にまで痛烈な批判の手を広げたのである。その左千夫の考えでは、上下句の内容に関連がない場合でも、一〇八八番歌「あしひきの山河の瀬の響るなべに弓槻が嶽に雲立ちわたる」のように調べはつながっていなければならない。上下句つながりのないかたちは当時においては禁忌だったのである。茂吉は、かくも激しい批判にあいながらも終生これを改めず、むしろ自負心さえもっている。そしてさらに茂吉は、一九一二（大正元）年から一九一四（大正三）年にかけて特に上下句の離れたかたちを盛んに行う。その背景には、この型が人麻呂歌集のそれと同じであると同時に第Ⅲ章に述べるように、ヨーロッパの新興芸術の影響があったと考えられる。

茂吉の作に上下句の離れた歌をさらに見て行くと、本章の冒頭に挙げた一九一三（大正二）年の歌が代表的である。

のど赤き玄鳥ふたつ屋梁にゐて足乳根の母は死にたまふなり

これは『赤光』の「死にたまふ母」の連作の中に置かれた一首で、万葉集巻七・一〇八八番歌と類似のかたちをしている。茂吉は巻七・一〇八八番歌を聴覚的表現から視覚的表現への「屈折」と捉えたが、自らの歌では新たな命を生み出すことを予想させる表現と、命の終焉の表現を対比的に配置する表現とした。茂吉は一九四二（昭和十七）年『作歌四十年』[19]にこの歌を取り上げ次のようにいう。

もう玄鳥が来る春になり、屋梁に巣を構へて雌雄の玄鳥が並んでゐたのをその儘にあらはした。下句はこれもありの儘に素直に直線的にあらはした。

その儘、ありの儘に素直に直線的にあらわしたという。しかし塚本邦雄の言葉を借りれば、「梁の煤けた横木に造った巣の外で、間なく暇なく鳴き交わす雌雄の燕の、可憐にして無気味な生の営みと、除外例なき死に直面し、刻刻と滅びつつある母[20]」を詠っている。屋梁にいる二羽の玄鳥と、死にゆく母は本来何の関係もない。しかし、これらは厳粛な生命現象として「て」の一文字で微かにつながっている。この「て」の用法は、先の万葉集巻七・一〇八八番歌の「なへに」と同様で「事態が同時に並行し進行する意を表す接続詞の役割」をしている。このかたちこそ、茂吉が「屈折」と呼ぶ声調である。

また茂吉には、この屈折によく似た型として一九一三（大正二）年の、

たたかひは上海に起り居たりけり鳳仙花の紅く散りゐたりけり

これは、発表当時から賛否両論に分かれ、近藤好美らが批判した歌である。「七月二十三日」と題

する連作の一首で、袁世凱の専制に孫文ら国民党が軍事蜂起した、所謂、第二革命を詠んでいる。茂吉は『作歌四十年』に、

当時上海は動乱の巷で、新聞がそれを報じてゐた。私は政治方面のことはよく分からぬが、戦争にはいつも関心を持ち、新聞記事にも常に注意してゐた。戦ひは個人なら果し合ひ、命の取りくらであり、大がかりな真剣勝負なので、いつも自分の心を緊張せしめた。

『斎藤茂吉全集』第十巻 P.408

と記し、また、次のようにも言っている。

この歌は、上句と下句とが別々のやうに出来て居るために、「分からぬ歌」の標本として後年に至るまで歌壇の材料になつたものである。併し、この一首などは、何でもないもので、読者はただこの侭、文字どほりに受納れてくれればそれで好いのであつて、別に寓意も何もあつたものではないのである。そしてこの一首はこの侭である面白みを蔵してゐるのである。

『斎藤茂吉全集』第十巻 P.408

発表当時から「分からぬ歌」とされながら、茂吉本人はこれも終生自負心を持っている。上下句が分断されたこの歌の形は、万葉集巻七・一〇八七番歌と同じであり、茂吉は一〇八七番歌についてては特に「屈折」とは言っていない。しかし「腰折」を「屈折」と捉え直した点を考えると、一〇八七

番歌と一〇八八番歌の二つをほぼ同じ様式と見ていたと考えて良いのではないか。

また他にも数多くの「屈折」の様式が茂吉の実作に見られる。

葬り火は赤々と立ち燃ゆらんか我がかたはらに男居りけり

一九一二年のこの歌の上の句は、火葬の火が赤々と立ち燃える壮絶な景を、溜め息のような感嘆の「か」をもっていい、下の句は、かたわらに男が居たと上の句に関連のないことをいう。関連のないことを唐突にいうため、この「我がかたはらに男居りけり」には得体の知れない不気味さが漂う。

また一九一三（大正二）年の作、

めん鶏ら砂あび居たれひつそりと剃刀研人は過ぎ行きにけり

この歌の上の句は、めん鶏らが砂をあびていたこと、下の句は、剃刀研ぎがひっそりと過ぎて行ったこと、ふたつの関係のない事柄が同時並行している。

また、

ふゆ空に虹の立つこそやさしけれ角兵衛童子坂のぼりつつ

この歌は第二歌集『あらたま』の一首である。上の句は冬空に虹が立つということこそやさしいことだよ、という。第二句の終りの「こそ」は係り結びで、第三句の終りに助動詞「けり」の已然形で受けている。この歌の下の句は、角兵衛童子が坂をのぼってゆく状景であって、上下句は、因果関係なく存在する二つの事柄を同時にあらわしている。なお、歌集『あらたま』の巻末「あらたま編輯手記」に、この歌の過程が記されている。

ふゆ空に虹の立つこそやさしけれ角兵衛童子幽《かす》かに来るも

ふゆ空に虹の立つこそやさしけれ角兵衛童子幽かに歩む

ふゆ空に虹の立つこそやさしけれ角兵衛童子幽かに来つつ
ふゆ空に虹の立つこそやさしけれ角兵衛童子むかう歩めり
ふゆ空に虹の立つこそやさしけれ角兵衛童子坂のぼりつつ

これを見ると完成までに五段階を経ていることがわかる。いずれも上の句と下の句は分離したかたちで、茂吉は下の句に迷いがあり、自己添削を繰り返すのである。最初の歌の下の句は「角兵衛童子幽かに来るも」と、童子が静かに歩いて来るが、「幽か」という語によって童子の存在が薄く感じられ印象の薄い歌となっている。つぎの「角兵衛童子幽かに歩む」は、「歩む」でいくらか動きが出たが、まだすこし印象が薄い。三番目の「幽かに来つつ」も同じ程度に印象が薄い。四番目は「角兵衛童子むかう歩めり」と、童子がかなり遠い印象である。最後の「角兵衛童子坂のぼりつつ」は、坂をのぼる力強い歩みで、印象の強い歌となった。

このような上下句の離れた歌のかたちは、茂吉の実作のなかでひとつの新しい様式として行なわれ、後年の一九四四（昭和十九）年においてもなお同じ様式が見える。

南瓜《たうなす》を猫の食ふこそあはれなれ大きたたかひここに及びつ

この上の句では、目の前にいる猫が配給ののこりの南瓜を食べている様子を「あはれなれ」といい、下の句では戦争の激化をいう。ここにかつての『赤光』の、

たたかひは上海に起り居たりけり鳳仙花紅く散りゐたりけり

に通う様式が見える。

このように、茂吉が万葉集の声調に見出した「屈折」は、彼自身の歌に応用され、いずれも当時としては新時代の斬新な歌であった。そして、このことは後の時代、中城ふみ子、寺山修司、塚本

邦雄、山中智恵子、岡井隆、前登志夫らに影響を与え、彼等を通して、現代の多くの歌人にも影響をあたえている。そのことについては第Ⅳ章に述べることとする。

おわりに

斎藤茂吉の万葉集研究はおもに、「声調」について論じる。そのうち最も注目されるのは、従来「腰折」とされた歌への再評価であろう。茂吉は、上下句の分離を「腰折」ではなく、「(光の)屈折」という現象に喩えて、五七五七七に詠いあげる詩情を豊かにする様式として捉えなおしたのである。この声調の「屈折」という様式は、茂吉の声調論のなかで最も明確であり、後世に多大な影響を与えている。

茂吉は、早く大正初年には自覚的にこれをひとつの様式として、実作に反映させている。その背景には第Ⅲ章で述べるヨーロッパ文学からの影響も見られるが、その基礎には万葉集があったのである。

注

（1）『六百番歌合せ』　国文学研究資料館　http://base1.nijl.ac.jp/iview/Frame.jsp?DB_ID=G0003917KTM&C_CODE=0020-42205　新日本古典文学大系『六百番歌合』「六百番陳状」岩波書店　一九九八年　P.21　若草二十一

左　　　　　　　　　　季経卿
名に立てる老蘇の杜の下草も年若しとや二葉なるらん
右勝　　　　　　　　　信定
霜おきし去年の枯葉の残るませにそれとも見えぬ春の若草
左申云、右歌、腰の六文字、聞きにくゝや。
判云「老蘇の杜の下草」「若しとや」などいへる秀句、事古りたるべし。「去年の枯葉の残るませにそれとも見えぬ春の若草」といへる、いとをかしくこそ侍れ。五文字、六七字は常之事也。はじめて不及難歟。抑左方人称、腰句何句を称申哉。称腰句は、四韻詩第三対句なり。和歌に有称腰折句事は、中五字与下七、離別せるを謂ふなり。是未得為得是之謂う也。いかにも以右為勝。

同　P.431「六百番陳状」

右　　　　　　　　　　信定
霜をきて去年の枯葉の残るませにそれ共みえぬ春の若草
左申云、右歌、腰の六文字、聞きにくゝや。
判云「去年の枯葉の残るませにそれ共みえぬ春の若草」といへる、いとをかしくこそ侍れ。五文字、六七字は常之事也。不及難歟。抑左方人称、腰句何句を称申乎。称腰句は、四韻詩第三対句也。和歌称腰折事也。又云、世間和歌腰折句、何所乎。中五字許は腰胸不分明事也。中五字を為腰は、事之外上六字方也。和歌式に准ば、病に蜂腰・鶴腰など申事は、又、「同字有三歌蜂腰、同字有四歌鶴腰」などこそ申めれ。

（2）『永縁奈良房歌合』　国文学研究資料館　http://base1.nijl.ac.jp/iview/Frame.jsp?DB_ID=G0003917KTM&C_CODE=0020-30102&IMG_SIZE=&PROC_TYPE=null&SHOMEI=【永縁奈良房歌合・大江千里集・長綱百首】&REQUEST_MARK=null&OWNER=null&IMG_NO=8

（3）新編日本古典文学全集25『源氏物語』東屋　※頭注二六　稚拙な和歌の勝負を競うこと
なほなほしきあたりとも言はず、勢ひにひかされて、よき若人ども集ひ、装束ありさまはえならずととのへつつ、腰折れたる歌合はせ、物語、庚申をし、まばゆく見苦しく遊びがちに好めるを
P.19

（4）伝御子左忠家筆本『和歌體十種』書藝文化新社　一九九一年

（5）本居宣長著『玉勝間』岩波書店　一九七八年

（6）笑雲清三編『四河入海』巻八之二　六十三オ慶長・元和年間の刊か（国立国会図書館デジタルコレクション）

（7）『明六雑誌』下　岩波書店　二〇〇九年

（8）片山淳吉著『物理階梯』文部省　一八七六年（国立国会図書館近代デジタルライブラリー）

（9）川本清一訳述『士都華氏物理学』東京大学理学部　一八七九年（国立国会図書館近代デジタルライブラリー）

（10）正岡子規著『俳諧大要』岩波書店（岩波文庫）　一九五五年（明治二十九年草稿）

（11）正岡子規著「曙覧の歌」新聞「日本」　一八九九年四月二十二日

（12）正岡子規著『俳諧大要・俳人蕪村・俳句問答・俳句の四年間』籾山書店　一九一三年（国立国会図書館近代デジタルライブラリー）

（13）伊藤左千夫著『伊藤左千夫選集』第七巻（歌論篇）斎藤茂吉、土屋文明共編　青磁社　一九四九年

(14) 鈴木虎雄訳注『続国訳漢文大成』第二　第四巻　国民文庫刊行会編　一九二二年
句が句を承けて進む際には、換言すれば作者の意が意をうけてすすむ、即ち其の情意の進行の仕方は平になだらかに進行するときもあり又然らざるときもあり。平になだらかに進行せざる場合とは意が急激に転換してゆくことをいふものなり。（中略）白楽天の詩の如きは、我我は之を円転流麗と称するは、その句意のうつりゆき滑かなるを以てしかいふなり、杜甫の如きは然らず、そのうつりゆきは極めて急角度の屈折をなすものなり。P.73

(15) 徳冨蘇峰著『杜甫と弥耳敦』民友社　一九一七年　P.662

(16) 黒川洋一注「中国詩人選集第9巻『杜甫』上」岩波書店　一九五七年十二月二十日

(17) 佐藤為次郎編『医学生受験用物理学算式解説』吐鳳堂　一九〇〇年　P.89～90

(18) 万葉集巻七・一〇八七番歌「痛足河河浪立ちぬ巻目の由槻が嶽に雲居立てるらし」
「雲居立てるらし」の原文は「雲居立有良志」で、訓は大きくわけて二説ある。
①雲ゐたつらし……………拾穂抄・略解・古義・集成
②くもゐたてるらし…………万葉秀歌・私注・大系・注釈・旧全集・全注・新編全集・新大系
「今、痛足河を見ると河浪が立つて居る。河浪が強くなつた。恐らく巻向山の一峰である由槻が嶽に雲が起つてゐると見える。」（『斎藤茂吉全集』第十七巻 P.58）とあるが、現代の通説では、この「らし」は、根拠ある確実な事態をいう。川波のたつことをもって、山の方では今頃雲がたってい るだろう、と判断するのであるから、上下句は型にはまった関係にある。しかし茂吉はそのような概念的な内容とは解さず、「ただ字面には、風のことも雨のことも無いから、味ふには字面を飽くまで主にし、風、雨のことは従属としなければならない。さうでないと、作者の自然観入の真髄を見免がすおそれがある。」と、上下句に別々の景を歌うものと解している。

（19）斎藤茂吉著『作歌四十年』・一九四二年執筆（一九七七年五月筑摩書房より刊行）
（20）塚本邦雄著『茂吉秀歌「赤光」百首』文芸春秋　一九七七年

第Ⅲ章

ヨーロッパアーリィモダニズムから「屈折」への影響

たたかひは上海に起り居たりけり鳳仙花紅く散りゐたりけり

はじめに

第Ⅱ章で述べたように、『赤光』に特徴的に見られる上下句に別々のことをいう様式は、人麻呂歌集歌に見られる古来評価の低かった、所謂「腰折」にちかいかたちの歌を再評価し、実作に取り入れたものである。こうした大胆な改革が成果をあげて行くには、万葉集に学んだことに加え、別の要素、すなわち同時代のヨーロッパ文学の影響が大であった。塚本邦雄はこの歌の様式を「二物衝撃」(1)と俳句の用語で評する他、鎌田五郎(2)は「茂吉の手法は芭蕉の連句の〈ひび付〉や〈にほひ付〉よりももっと放胆な放れ技」と評し、俳句のそれとはまた異なると感じているようである。西郷信綱は、ニーチェからの影響を疑うが、ニーチェと腰折歌の再評価の接点は見えない。これは従来誰も言って来なかったが、私見では、二〇世紀初頭のヨーロッパに発した新興芸術「未来派」の特徴的な理論と関わりがあると考える。本章では、「未来派」の影響について論じてゆきたい。

先ず、『赤光』における茂吉の特徴と、未来派の特徴について比較検証をおこなう。

1　アーリィモダニズムの時代

1－1　『赤光』の特色

たたかひは上海に起り居たりけり鳳仙花紅く散りゐたりけり

この歌は、形とモチーフ両面から注目される。形は三句で切れ、上下句で別々のことをいうように見えながら、モチーフでは上海に起こった戦いと、直接の関わりはない鳳仙花の落花が、禍々しい血のイメージでぼんやりとつながっている。これは、上下句が分離していなければならない歌として、茂吉の歌の史上に大きな意味を持つものである。そして、このように一見、上下句の離れた歌のかたちは『赤光』のなかにかなりの数があり、言わば『赤光』のひとつの特徴的スタイルともいえる。

塚本邦雄は、「鳳仙花と上海動乱、この二物衝撃、二者の意外な出会によつて生ずる美的空間」と感銘する。中村稔は、上下句の関連のないこの歌のかたちを「モンタージュの魅力」[3]といい、西郷信綱は「二重性の世界」と呼んでいる。[4]しかし、一般には、こうした表現は、単に二者の意外な出会いのようにも見えるため、理解され難い場合がある。近藤芳美は、茂吉の「若気の思わせぶり」と言っている[5]が、茂吉の後年に至るまでの自信の持ち方から見てこの歌の新しさは、単なる若気のいたりとは言えまい。

特にモチーフの点で『赤光』は猟奇的であることが目立つ。

ゴオガンの自画像みればみちのくに山蠶《やまこ》殺ししその日おもほゆ

これは塚本邦雄が「醜悪怪奇も美の一つの形であることを、近代人は認めはじめてゐた」と評価し、西郷信綱がサディスティックと評した歌である。これに類する性質の歌は、一般的には茂吉自身の性質によると見られている。勿論、彼自身の性質からくるものはあるだろう。しかしそれだけにしては、第二歌集『あらたま』の途中から、この類いは徐々に影をひそめているように見える。これは言われているような、茂吉の性質のみから来るものではないように思える。

これらの歌を理解するには、短歌以外の明治の文学界や、当時話題となっていた新興芸術との類似点にも注意する必要がある。殊に、鈴木貞美が、二十世紀初頭にヨーロッパでうまれたアーリィモダニズムが翻訳を通じて我が国に入り、当時の古典復興の気運のなかで花開いたと言っていることが注意をひく(6)。そして、そのアーリィモダニズムの一派に「未来派」があり、私見によれば、茂吉の『赤光』はこの未来派の影響が大きい。その未来派の代表で、茂吉が言及している人物にマリネッティがいる。次に、マリネッティの詩の手法とはどのようなものかを見てゆきたい。

1-2「未来派宣言」とマリネッティの手法

従来、茂吉の西洋文学からの影響としては、ニーチェがよく知られている。茂吉の「古代芸術の讃」(一九四六年一月号『アララギ』)はニーチェの『偶像の黄昏』を踏まえており、ほかにもエッセイに「ニイチエの墓を弔ふ記」「ニイチエの病」「ニイチエの病気」「稗きニイチエ」を著している。このことから多くの研究者が茂吉とニーチェの関係に注目し、人麻呂に対する「ディオニュソス的声調」などの評言も、ニーチェの影響とされている。このほか、茂吉の実作品へのニーチェからの影響もいわれているが、それらは、おもに『あらたま』以降に指摘されている。またニーチェ以外には、竹内英之助がドイツの詩人と茂吉の関係に注目しゲーテやデーメルとの関係を論じている(7)。ところが、ニーチェやゲーテやデーメルには、初期の茂吉の美意識に見られる不穏さや禍々しさはないのである。

初期の茂吉の不穏さ、禍々しさに類するのは、むしろ茂吉が『柿本人麿』評釈篇のなかで取り上げているマリネッティである。茂吉は、声調を論じるなかで江戸時代の「歌格」に注目し、他方でマリネッティの詩の視覚的表記方法にも注目し、その表記こそが、新時代の詩の「声調」をあらわすと見ている。従来、茂吉は人麻呂を中心とした万葉集の「声調」を研究し、我がものとせんとしたとみられており、筆者もその点に言及してきた。ところがそれだけでなく、近代西洋の新興芸術に目を向けていたのである。殊に『赤光』においては、マリネッティと彼の属する未来派の芸術から強く影響を受けている。

ここで少し未来派について述べる。未来派は、一九〇九（明治四十二）年二月二十日、イタリア人フィリッポ・トンマーゾ・マリネッティがフランスの新聞『フィガロ』に「未来派宣言」を発表したことにはじまる。未来派は、産業革命以降の社会情勢の激変のうちに幕明けしたばかりの新世紀に期待を抱き、大量殺人兵器の発明を含めた近代のテクノロジー・機械美・スピード感・ダイナミズムを賞賛して芸術作品をつくりあげる。続いて一九一〇年、マリネッティの檄文に刺激された若い画家たちによって絵画の未来主義が宣言される。また一九一二年五月十一日に、ふたたびマリネッティが「未来派文学技法宣言」を発表する。マリネッティは未来派の文学理論として自由語を提唱し、統語法の破壊、形容詞・副詞・接続詞・句読点の廃止に及ぶ新しい修辞法を説いている。未来派の運動はアメリカやロシア、日本など一時は世界的な広まりを見せたが、後にファシズムと結びつき、ついに崩壊したため今日ではそれほど言われなくなったがかつては有名であった。

日本で最初にこの未来派を紹介したのは森鷗外である。先にも述べたように、一九〇九年二月二十日マリネッティがフランスの新聞『フィガロ』に「未来派宣言」を発表した。電信技術の発達から時を経ずにこれを知り得た鷗外が、わずかひと月後の三月二十日に雑誌『スバル』に翻訳を発表する。その鷗外の翻訳した「未来派宣言」は次のようなものである。

一、吾等の歌はんと欲する所は危険を愛する情、威力と冒険とを当とする俗に外ならず。
二、吾等の詩の主なる要素は、胆力、無畏、反抗なり。
三、従来詩の尊重する所は思惟に富める不動、感奮及睡眠なりき。吾等は之に反して攻撃、熱ある不眠、奔馳、死を賭する跳躍、掌を以てすると拳を以てするとの殴打を、詩として取り扱はんとす。(8)

ここには「危険を愛する情」「威力と冒険」「胆力」「無畏」「反抗」「攻撃」など、不穏な中に魂の奥から若い情熱を沸き立たせるような強烈なスローガンをもって、芸術の革新を行なう意図が感じられる。しかし、鷗外がこの紹介をした当初はあまり注目されなかった。未来派が注目されるのは、一九一二（大正元）年頃からで、高村光太郎らフランス帰りの美術家集団「フュウザン会」が紹介しはじめたことにより、一挙に世間の注目が高まってゆく。ただし、当時はキュービズムや表現主義などとの区別もなく混同されがちであった。

次にフュウザン会のメンバーの一人、美術評論家・斎藤與里が一九一二（大正元）年九月六日読売新聞に未来派の絵画を紹介した評言を引用したい。

同一の画布に多種の場面と事件とを同時に表現仕様とする結果、或はセヴイオリニの『旅の印象』の如く、嵌め合せ写真のようなものが出来、又或るポツチオニの『同時に起る幻想』などが出来るのである。(9)

ここで斎藤與里がいう「嵌め合せ写真のようなもの」とは、しばしばモンタージュ写真のようであると評される。画面に多種の場面と事件を同時に描いた構成は、それまでの絵画の概念を打ち破る斬新な試みであった。(「嵌め合わせ写真」を以下「モンタージュ」とする)

こうした未来派の絵画の特徴は、実はマリネッティの提唱によるものである(マリネッティは速度の美学を提唱し、画家たちはそれを運動の美学と理解して表現をおこなった)。マリネッティ自身の詩作にも同傾向の特徴が見え、それは先にも述べた、統語法を破壊し形容詞・副詞・接続詞・句読点の廃止に及ぶ新しい修辞法であり、速度の美をあらわす表記である。具体的な例のひとつに「戦争」と題する詩をみてみたい。これは、一九一二(大正元)年十月三日の東京朝日新聞に与謝野寛(鉄幹)が次のような和訳をもって紹介している。(10)

前衛：300メエトル　附け剣　前へ　大道　散兵　熱心　激励　群馬　腋　項　褐色　銅色
気息づかひ　+背嚢　30キロ　警戒=大秤量機　鉄屑　貯金筒　怯儒：3戦慄　号令　石
熱狂　敵　誘導物　敏捷　名誉

マリネッティは、戦争を「唯一の清掃機関」と呼ぶ狂気的な思想のなかで、従来の修辞法を一掃し、このような異様ともいえる詩をあらわした。パリ滞在中であった与謝野鉄幹がこの詩に出会い、驚愕して東京朝日新聞社に翻訳を送る。鉄幹は、右のような修辞のない、これが詩かというような形を、「絵具を画板で練らずに生な色のまま並べようとする画家の技巧にも似て居るやうであるが、

mollezza
ondulazioni
del paesaggio
inghirlandato
di convogli
30000 carri
colmi

treni
militari
tetti
dei vagoni
irti
di soldati
affanno
delle
locomotive
sputacchi
di vapore
vagoni
zeppppi di carri
imbottttiti d'artiglieri

munizioni
buoi
bufali neri
corna
ondeggiamenti
STOP
avanti
rrrrantolo
d'un vagoooone
sotto
cannnnone
d'assedio
che lo monta
limite
del carico
13125 Kg.

柔らかさ
列車の
30000の客車に
取り巻かれた
景色のうねりが
満たされている

軍隊の
列車
車両の
屋根が
兵士たちで
逆立つ
機関車の
息切れ
蒸気の
粒
砲兵の詰まった
貨車が連なる
鉄道の車両

軍需品
牛
黒毛の水牛
角
うねり
STOP
前へ
包囲網の
大砲の
下の
車両の
喘ぎ
制限
重量
登っていく
13125 Kgを積み

之は無理な試みであらう」と批判している。だが、その一方で鉄幹は、未来派の絵の不協和音、混乱妄動の芸術性に賛同しているところがある。

　茂吉は、後年『柿本人麿』に、上に掲載するように、マリネッティの原詩（イタリア語）を載せている（『斎藤茂吉全集』第十六巻P.408）。（なお、ここでは分かり易くするために原詩と別に和訳したものを併記して挙げる[11]）。

　茂吉のとりあげたこのマリネッティの詩では機関車での軍の大輸送に、それとは関係のない牛の群が輸送されてゆく。言葉は単語ごとに引き離され、幾何学的な絵のように配されている。紙面の右上から「柔らかさ　列車の　30000の客車に　取り巻かれた　景色のうねりが　満たされている」という文字列が、やや緩やかに斜めに走り、「軍隊の　列車　軍需品　車両の　黒毛の水牛　屋根が　兵士たちで　角　うねり　逆立つ　*STOP*　機関車　前へ　息切れ　蒸気の　粒」「砲兵の詰まった　貨車が連なる　鉄道の車両」「軍需品　牛　黒毛の水牛」「包囲

網の　大砲の　下の　車両の　喘ぎ　制限　重量　13125kgを積み　登ってゆく」と、重量感と共に坂道を登る列車の様子を表す。従来の詩の修辞を廃したこの方法は、近代詩における修辞の破壊のはじめとも言われる。茂吉は、これを江戸時代の小國重年の『長歌詞珠衣』や橘守部の『長歌撰格』などの歌格研究につづけてとりあげ、「活字の大小等にも顧慮し、種々の符号などを相交錯せしめて一つの形態を形成せしめようとしている」（『斎藤茂吉全集』第十六巻 P.408「人麿長歌評釈」）と表記法をいうだけで、詳しい内容や技法には触れていない。だが、マリネッティの声調は表記の奥にある。それは、離れた貨車にある軍需品や兵士や水牛、あるいは屋根などをモンタージュ的に映し出しながら、運命の不穏さが詩の全体を包んでいるのである。即ち、汽車の走るスピードや躍動感のなかに、やがて行なわれるであろう牛の屠畜、戦争による無惨な殺戮などの予感が、一見離れた言葉の間をつなぐ暗示となって、ぞっとするような言いようのない恐ろしさが感じられる。また、「*STOP*」という大きな傾斜文字や、13125kgの重さに軋み揺れる車両の様子に「rrrantolo」「imbotttiti」「zepppi di carri」「cannnone」などと雑音をあらわす文字を多くならべるなどの表記が、伝統とはことなる前衛的な雰囲気を醸し出し、速度の物凄さをあらわしている。異様ではあるがある種の美を認めることはできよう。

こうしたことにも増して注目すべきは、マリネッティ自身が言葉のイメージを重ねることを重要としていることである（「未来派文学の技術的宣言」一九一二年）。それは、例えば「男と魚雷艇」「女と湾」など二つの言葉のイメージが重なることにより、新たな詩の世界が広がるという。写真のマリネッティの詩でいえば、「水牛」と「兵士」にイメージの重なりがある。別々の貨車に乗る「水牛」と「兵士」は、一見関わりのないものに見えるが、実は屠畜と殺戮という震撼する血のイメージでつながっている。茂吉は、こうしたマリネッティの言葉の二重性のあり方に注目したと考えられる。

なお茂吉は、マリネッティと同時に、ドイツの詩人アルノー・ホルツの『ファンタズス』の原詩も掲げている（『斎藤茂吉全集』第十六巻 P.407）。ホルツは「電信体」「秒刻体」などと評される表現方法で、刻々と変化してゆく状況を捉える詩人であった[12]。これも従来の詩の修辞法を廃したものであることから、鉄幹はホルツがマリネッティに暗示を与えたとみている。しかし、電信体とモンタージュでは異なるところが大きい。またホルツには禍々しさは特に感じられない。ホルツは「徹底自然主義」と呼ばれ、言葉による実相の具現を唱えている点で、茂吉への影響の感じられるところもある。そして、未来派はモンタージュの方法と不穏な禍々しい内容という点で『赤光』と共通するのである。次に茂吉のモンタージュについて見てゆきたい。

1-3 『赤光』と未来派の表現方法

まず、表現方法をみると、『赤光』のなかに未来派の表現方法と内容に共通するものがある。

たたかひは上海に起り居たりけり鳳仙花紅く散りゐたりけり

冒頭で述べたことを繰り返すが、歌の上下句の終りが同じ「たりけり」で終止しているこの歌は、より意識的に上下を分離するもので、塚本邦雄は「二物衝撃」といい、中村稔は「モンタージュの魅力」、西郷信綱は「二重性の世界」と評した。

この歌は、一九一三（大正二）年作、「七月二十三日」と題された一連のなかの一首である。上海に起こった戦いのニュースが、ラジオを通じてほぼ同時に日本に届いた。東京の庭の鳳仙花の落花は、戦いと直接の関わりはないが血を連想させる。別々の場所で起る関係のないできごとを同時にあらわす手法は、マリネッティの方法に共通している。今、分かりやすくするために次に比較してあらわそう。

マリネッティの二重性

貨車の水牛（屠畜の運命）――貨車の兵士（戦場での殺戮の運命）……血のイメージが共通

茂吉の二重性

上海の戦（流血）――紅い鳳仙花（血の色の花）……血のイメージが共通

このようにマリネッティと茂吉は、別々の詩句が禍々しい血のイメージでつながっているという同じ手法をとっているのである。またこのほかに、

電灯の球につもれるほこり見ゆすなはち雪はなだれ果てたり

これも一九一三（大正二）年の作である。「さんげの心」と題された一連の中にある。三句切れで、上下のつながりはない。上の句は、電燈の球につもるほこりをぼんやりと見ている。「見ゆ」は意識的に見るのではなく、目に入ったというほどの意味であり、電燈の球にほこりのつもる光景には陰鬱な雰囲気が漂う。下の句は「すなはち」という唐突な切り返しにハッとし、その後、雪崩のような激しい運命に飲み込まれてしまった悲惨な記憶がよびさまされる。

葬り火は赤々と立ち燃ゆらんか我がかたはらに男居りけり

右は、一九一二（大正元）年の作。自殺した精神病患者の葬儀の歌である。これも上下句に関わりはない。上の句では心中に火葬の火が激しく燃える様を想像する。下の句には、男が隣り合わせた

ことをいうが、その男は突き放され、異質な生物に感じられ、得体の知れなさが漂う。この二つが重なるところに戦き、禍々しさ、絶対的ともいえる孤立が生じているのである。これらは、当時話題となっていた未来派の詩の二重性を参考にしていると見て良いであろう。

茂吉が歌論としての概念的な「屈折」を確たるものとする途上に、未来派のモンタージュからの影響を強く受けていたことを示しているのではないか。この時期（一九一二～一九一三年）の茂吉は、未来派のモンタージュにつながる感覚の歌を多く詠んでいるのである。

そこで、茂吉歌についてさらに詳しくみてゆきたい。

2　ヨーロッパ文学～未来派～

2－1　茂吉の達成～二重性の世界～

この二重性に特徴のある表現方法は、第Ⅱ章7節「茂吉の実作に見られる屈折の様式」で述べたように、実は未来派の影響を受ける前から類似の形を行なっている。この様式の獲得過程は大切なので、繰り返してその初発の歌をあげる。

はるばると母は戦を思ひたまふ桑の木の実は熟みゐたりけり

この初稿は『赤光』（一九一三年）の歌であるが、目次によると実際に詠まれたのは一九〇五（明治三十八）年、未来派以前のものである。ところが、この歌は一九二一年の改選版『赤光』では、

はるばると母は戦を思ひたまふ桑の木の実の熟める畑に

と改められている。下の句を少し変えただけだが、倒置法として上句と下句は順接につながり、桑の木の実の熟れている畑で母が遠く戦地にいる息子を思う歌となった。この改稿は、未来派の芸術観に深く影響を受けながらもその方法を実作に取り込むにはよほど慎重であったことを示していると見て良い。初稿のように上下句が切れていると、戦地にいる息子を思う母と桑の実が熟している風景は、戦場での流血と熟した桑の実の色とが二重性を持ち、不穏で禍々しい思いが際立つ。対して改稿では、負傷を心配する母の気持ちのみにとどまらず、出征してから経過した時間、あるいは子供時代に桑の実を好んで食べた息子の思い出など、母の思いが広がる。つまり、改稿の方が母の気持ちに温かさや豊かさが加わる。そもそも上下句分離のかたちは、第Ⅱ章1節でも述べたとおり、伝統的な和歌の世界では「腰折」と呼ばれる禁忌のかたちであり、茂吉といえども最初から確たる自覚を伴って行っていたわけではなく、徐々にはっきりとした自覚的なものへと変化していった。右の歌の改作は、「屈折」を自覚する過程でモンタージュを明確に意識することによって、これは二重性を持たせない方が良い歌になると判断して行われたものと見られる。

「屈折」は、前章で見たように次の歌くらいから自覚的に始まると見て良いのではないだろうか。

木のもとに梅はめば酸しをさな妻ひとにさにづらふ時たちにけり

一九一〇（明治四十三）年の「をさな妻」の連作の中の一首である。上の句は、梅を食べて青梅の微量の毒を酸っぱく感じたことと、幼妻への満たされない愛を詠っている。下の句は、幼妻が異性に対して頰を赤くして恥じらいを見せる程の時間が経ったのだなあと、少女の成熟に対する驚きを詠う。この上下句はどのようにしても「はるばる」の歌のように一つの文につなぐことはできない。これは、同時に感じる二つの感情を五七五七七の中に二重写しにあらわしているのであり、自覚的な作といえる。この歌は、伊藤左千夫が猛烈に批判したが茂吉本人はついにあらためず、一九四二（昭和十七）年『作歌四十年』[13]に特筆すべき自作として「歌にある種の細みを要求し、感傷を漂はさうとしてゐるやうに見える。表現の技巧も幾らかづつ自由になり、歌壇の雑誌などものぞき読みしたのであつた。兎も角これだけの力量を得るに至つたことを記しとどめて置く」（『斎藤茂吉全集』第十巻P.385）と、かなり自信をもっている。この作品は、一九〇九年二月二十日に発表された未来派宣言（鷗外訳は一九〇九年三月十二日）の翌年の作であり、未来派宣言の翻訳者・森鷗外の元で観潮楼歌会（一九〇七年三月～一九一〇年四月）が開かれていた当時の作と見られる。茂吉は未来派の影響の下、意識的に上下の離れた歌のかたちをこの頃から実践しはじめていたと見てよい。

なお、「歌にある種の細みを要求し」という「細み」は、古来和歌連歌において理想とする「心詞《こころことば》細き」であり、『去来抄』では「細みは句意にあり」（細みは句に心のくみとれるものである）という。対象に繊細微妙に観入してゆく心の動きをいうものである（新編全集『去来抄』P.542頭注6）。

山いづる太陽光を拝みたりをだまきの花咲きつづけたり

これは、一九一三（大正二）年の「死にたまふ母」の「其の二」の連作中の一首で、消える命を長かれと祈る気持ちが底にある。三句切れで、上下句ともに「たり」で意識的に終止している。上の句では山からのぼる太陽光を拝み、下の句ではおだまきの花をいう。「おだまきの花」は紡ぎ糸を巻く糸巻きの形状に似るところからの命名だが、「繰り返し」にかかる枕詞の「おだまき」との同音から、①天道をわたる太陽、②花が咲き続ける二つにむすびつけられており、それはまるでゴッホの「星月夜」のように、「太陽」と「をだまき」の花がぐるぐると目の回るようなトランス状態のなかに描きだされ、やがて母の死を予感させるのである。

また二つの事柄を別々に詠う著名なものとしては次があげられる。

　めん鶏ら砂あび居たれひつそりと剃刀研人は過ぎ行きにけり

これは、先の「たたかひは上海に起り居たりけり鳳仙花紅く散りゐたりけり」と同じ連作中の冒頭で、初出は一九一三（大正二）年、土岐哀果の『生活と藝術』創刊号[14]である。茂吉は『作歌四十年』に、

　私の部屋のまへの裏どほりに近いところの光景である。剃刀研ぎはその裏どほりを通つてゆくのであつた。その光景は作者にとつては殆ど毎日の経験で、実に何でもないことであるが、歌人として心を牽くものがあつたので一首に試み、相当苦心したやうにおぼえて居る。

『斎藤茂吉全集』第十巻 P.407

と自宅前の裏通りに近いところの光景を描いたと言っている。ここにⒶめん鶏らが砂をあびていた、Ⓑ剃刀研ぎがひっそりと過ぎて行った、というふたつの事柄が複眼的な構成で描かれている。なおこの歌は発表以来わかりにくいと評されている。それはこの歌は上下句を一文にすることはできないのであるが、二文であると簡単に言い切れないことである。それは第二句の助動詞が「たり」ではなく「たれ」とあることによる。万葉集に類似の「たれ」は、次に引用の一例のみで、解釈は諸説に分かれる。

巻十九・四一六〇番歌、

天地の　遠き初めよ　世間は　常なきものと　語り継ぎ　流らへ来たれ　天の原　振り放け見れば

照る月も　満ち欠けしけり　あしひきの　山の木末も　春されば　花咲きにほひ　秋付けば
露霜負ひて　風交じり　黄葉散りけり　うつせみも　かくのみならし　紅の　色もうつろひ
ぬばたまの　黒髪変り　朝の笑み　夕変はらひ　吹く風の　見えぬがごとく　行く水の
止まらぬごとく　常もなく　うつろふ見れば　にはたづみ　流るる涙　留めかねつも
新編日本古典文学全集『万葉集４』P.303

右の「たれ」の意味は、諸注釈書に、

語り続ぎ、言い伝え続けて来ているので、　万葉集評釈（条件句）
語り継いで伝えて来たので、　万葉集全註釈（条件句）
語り継いで、伝へて来た。　評釈万葉集（終止句）
語りつぎ永く続けて来たから、　万葉集私注（条件句）
語り継ぎ伝へて来たので、　万葉集注釈（条件句）
語り継ぎ言い伝えてきたものだが……。　古典集成「万葉集」、万葉集全注、万葉集釈注（逆説句）
語り継ぎ、ずっと伝えられてきたように　新日本古典文学大系「万葉集」（条件句）

と解釈が分かれている。というのも助動詞「たり」の已然形「たれ」には、通常は「ば」「ど」「ども」「や」などがつくはずなのだが、ここではそれが省略されているために解釈が分かれるのである。分かれはするが、ほとんどの注釈書は、下に続くとするか、言い切りではない謂わば余情を認める。品田悦一『斎藤茂吉』[15] P.113は、この茂吉の「たれ」について、それにしても、もし条件句なら「砂あび居れば」、終止句なら「砂あび居たり」で済むところで、そのほうが歌意も明確になる。そこにあえて「砂あび居たれ」と耳慣れない語法を据えたことで、読者の違和感が掻き立てられ、雌鶏らの砂あびは何か得体の知れない事象のように印象づけられる。この句と第五句「過ぎ行きにけり」とが隈取る一首の風体を、世人は万葉調と見て疑わなかったろうし、「世人」というちには作者自身を含めてもよいだろう。が、その「万葉調」は、『万葉集』の歌調風体を単に模倣したものでなく、その一面を誇張し、珍奇さを漂わせたものなのである。

と、「疑似古典語法」としている。これらの先学の解を参考とするに、品田のいう「耳慣れない詩法を据えたことで読者の違和感が掻き立てられ」ることは確かなのである。おそらく茂吉はそれを珍奇とまでは感じずに、「余情」をもたらす語法として使ったのではないかと思う。

この歌の魅力について塚本邦雄が、奇抜な素材の不条理な配合とそこから生まれる禍々しい気配を評価している。けれど筆者は、これをまったく不条理な配合とまでは思わない。この砂浴びするめん鶏は、おそらくさほど遠くない未来に刃にかかって死ぬ運命である。一方で、剃刀研ぎは直接的な殺意があるわけではないが、その刃に殺傷力がある。ここに死にゆく運命と、殺傷を生み出す運命の交差がぼんやりとたちあらわれる。この歌で上下句が「めん鶏ら砂あび居たり」では、めん鶏の生態を普通に表現したことになり、読者が立ち止まり風景から受ける印象が軽い。対して下の句「剃刀を鋭利に研磨する人間が今はひつそりと通りすぎる」がもたらすインパクト、つまり何時にかめん鶏の首に当たる剃刀という背筋を冷やすような感覚は強い。今、上の句が「たれ」であることによって一見のんびりした鶏の砂あびが強い印象になっており、死ぬ運命と殺す運命が同じ強さで交わっていると思われる。上下句のこのぼんやりとした、しかし、ゾッとするような暗示は前項の「1－2『未来派宣言』とマリネッティの方法」で述べたようなマリネッティの詩によく似ている。マリネッティの詩は、別々の言葉を並べたように見える背後に共通するイメージが響きあっており、茂吉の上下句別々のことをいう歌もイメージが響きあっているのである。これは一見古来の歌の形「疎句」に似ているようであるが、疎句は意外な素材を詠んだり、文法上切れてはいても文意はつながっていた。茂吉の歌は繋がりがはるかに暗示的なのである。この方法は第二歌集『あらたま』においても不変である。

『あらたま』に、

あかあかと一本の道とほりたりたまきはるわが命なりけり

という歌がある。西郷信綱は、

この歌が名作たるゆえんは、太陽にかがやく「一本道」、それと「たまきはる我が命」という二つの異質なものがいきなり並置されるとともに重層化され、そこに一つの独自な世界が現れてくる点にある

西郷信綱『斎藤茂吉』P.115

と言う。

2-2　未来派のモチーフの影響

斎藤茂吉には、モンタージュ以外のつぎのような歌も未来派からの影響とみられることを付記しておきたい。

●禍々しさ

「茂吉の達成」では未来派のモンタージュという方法を茂吉が取り込み、自家薬籠中の物にしたことを見た。次に、未来派の詩のモチーフの影響について見たい。先に方法の達成をみる過程で禍々しさについて再々触れた。未来派の方法は、戦争などの暴力を肯定的に美とするモチーフと密接に繫がっている。その関係で今ここでは、禍々しさの変遷を中心に見る。禍々しさそのものについては、基本的には否定されるべきものではなく、『赤光』の大きな魅力であろう。

先に筆者は「ゴオガンの自画像みればみちのくに山蚕殺ししその日おもほゆ」を猟奇的な美と述べた。一般に少年は残虐な面を持つといわれ、自己の少年時代にそれを見出し詠うところは新しい着眼で人を惹きつける。また「葬り火は赤々と立ち燃ゆらんか我がかたはらに男居りけり」も誰が逃れ難い絶対的な孤独に目を向けている。禍々しい事柄に目を向け詠うことは、人間の姿に忠実で深い共感を呼ぶ。しかし『あらたま』では『赤光』のような戦慄する禍々しさは徐々に影をひそめている。先に引用した「あかあかと一本の道とほりたりたまきはる我が命なりけり」について、茂吉は代々木野原の道であるという。「あかあか」は夕日の色彩で、同じ赤でもはふり火のような禍々しさからは遠い。夕日に照らされた一本道に自らの生命を投影しており、短歌芸術に邁進する

決意とその生き方を詠う。このようなモチーフの変化は次の

　ふゆ空に虹の立つこそやさしけれ角兵衛童子坂のぼりつつ　『あらたま』

によくあらわれていると思う。この歌の成立については第Ⅱ章（P.70）に詳述したのでここでは簡単に触れると、上の句は冬空に虹の立つ状景でこれを「やさしけれ」としている。人ならぬ大いなるものが世界をふんわりとつつんでいるような感慨が立ち現れている。下の句は角兵衛童子が坂をのぼってゆくところである。角兵衛童子は児童を中心とした獅子舞の大道芸で、越後獅子とも呼ばれる。貧しい家の子どもが、安価で親方に買われて旅稼ぎをさせられるもの悲しい存在であり、その悲劇的な運命の童子を大いなるものが包む込むようなイメージのつながりを感じさせる。上下句が離れているという方法を用いているが、ここにも未来派の特徴である禍々しさはない。茂吉が徐々に独自のしっとりとした詩的世界を獲得していることがうかがえる。

　南瓜を猫の食ふこそあはれなれ大きたたかひここに及びつ

猫は本来肉食で飼い猫であっても野原で昆虫や小鳥などを捕食するものだが、そんな猫が配給の残りの南瓜を食べているのはかわいそうだというのが上の句である。下の句は、もし「大きたたかひここに及べば」、戦争の影響で食料不足になり猫も残り物の南瓜を食べてかわいそうとなる。しかし上の句と下の句を切ることにより、猫の飢餓と戦争での人間の飢餓がイメージとしてつながっている。茂吉はこの形を終生誇りにしていたことも納得できるのである。

●騒音

(1)長なくはかの犬族《けんぞく》のなが鳴くは遠街《をんがい》にして火は燃えにけり

これは、一九一二（大正元）年の作とされている。茂吉の作中でも人気の高いもので、塚本邦雄は『茂吉秀歌「赤光百首」』P.213に、

（初版『赤光』『斎藤茂吉全集』第一巻P.164）

この歌の黙示録的な、不可解な魅力を決定するのは「犬族」と「遠街」なる二つの強い抑揚を持つ言葉であらう。

という。この不穏な雰囲気を塚本邦雄は「巫の口寄せめいた妖気」と評している。しかし、この歌の「犬族」には、「巫の口寄せ」や万葉集に見られる「隼人の夜声」を形容する犬声などの古代の感覚は消えており、むしろ未来派の音楽に通じるところがある。未来派の音楽は、騒音的音楽の先駆とされ、爆発音、衝突音、物の壊れる音、動物の鳴き声などを表現するもので、この中には遠吠えも含まれている。ルイジ・ルッソロが、論文「騒音芸術 L'arte dei rumori 」を発表したのは一九一三年三月、騒音楽器「イントナルモーリ」を発表したのは、同五月のことであるが、その感覚はすでにマリネッティの「未来派宣言」（鷗外訳一九〇九年）の次のような部分に見える。

電灯に照らされたる武器工場及其他の工場の騒がしき夜業、烟を吐く鉄の龍蛇を朧下して厭くことなき停車場、烟突より騰る烟柱の天を摩する工場、刀の如く目にかゞやきて大河の上に横れる巨人の体操者に類する橋梁、地平線を嗅ぐ奇怪なる船舶、鋼鉄の大馬の如く軌道の上に足踏する腹大なる機関車、螺旋の占風旗の如く風にきしめく風船の目くるめく飛行等是なり。

ここに、奇怪な夜間の工場の騒音、燃える炎、大馬、機関車、旋風、飛行機などの騒音の渾然とした世界の美として述べられている。また、この感覚は、同年の十一月にバッリラ・プラテッラによって発表された「未来派音楽宣言」とも類似し、未来派のポルティーニの絵「反乱する都市」（一九一〇年）などでも燃え上がるような都市の中で、人の悲鳴と馬の嘶きが狂おしく、それらを美しい色彩で表現している。茂吉は、この醜悪怪奇も美の一つとする未来派の芸術観から学んで、不穏で騒音的な犬の鳴き声や火事のようすを歌のなかにとりいれたものと見える。それらは先に(1)として引用した他につぎのようである。

(2)さ夜ふけと夜の更けにける暗黒にびようびようと犬は鳴くにあらずや
(3)たちのぼる炎のにほひ一天《ひとあめ》を離《さか》りて犬は感じけるはや
(4)夜の底をからくれなゐに燃ゆる火の天《あめ》に輝《て》りたれ長鳴きこゆ

(2)の上の句は、茂吉が声調を評価した、万葉集巻九・一七〇一番歌「さ夜中と夜は更けぬらし鴈が音《ね》の聞こゆる空ゆ月渡る見ゆ」の影響がみえるが、下の句で暗黒に「びようびよう」と気味の悪い音声を詠い、禍々しい。(3)は、空全体にたちのぼる火事の炎の匂いを、離れた場所にいる犬が嗅ぎ取り恐怖している様をみているが、「一天《ひとあめ》を離《さか》りて」は、やや大げさに感じられる。(4)は(1)と似た内容の繰り返しである。火事の炎を「からくれなゐ」ととらえ、「天に輝りたれ」と禍々しさを強調する。そのため、(4)では犬の声の禍々しさはやや霞んでいる。

この一連の初出は、一九一二（大正元）年『アララギ』七月号の「ある夜」と題されたつぎの五首連作である。

長なくはかの犬族のなが鳴くは遠街にして火かもおこれる
さ夜ふけて夜の更けにける暗黒にびようびようと犬は鳴くにあらずや
しまらくして夜暗《やみ》をながる丶鐘の音は日比谷あたりか然にあらずかか
たちのぼる炎のにほひ一天《ひとあめ》を離《さか》りて犬は感じけるはや
生けるものうつ丶に生けるけだものは神ゐいし時の感覚を得し

「日比谷」と場所をあらわす点など、現実的で連作の中ではやや異質に見える。さらにこの最後の歌は「神ゐいし時の感覚」をとりあげてニーチェにつなげる意見もあるが、ニーチェは猟奇的な美を追求してはおらず、そのようにとるのは、深読みではあるまいか。筆者は多くの動物が本能的警戒心を発揮したというくらいに解している。

一九一四（大正三）年の改選版『赤光』（『斎藤茂吉全集』第一巻 P.57）では犬の長鳴きの歌は
長なくはかの犬族のなが鳴くは遠街にして火かもおこれる
さ夜ふけて夜の更けにける暗黒にびようびようと犬は鳴くにあらずや
の二首のみになっている。これは、他が歌として出来が悪かったために外したと見てよい。

●女性蔑視、サディズム

また、
ひた赤し煉瓦の塀はひた赤し女刺しし男に物いひ居れば
ほほけたる囚人の眼のやや光り女を云ふかも刺しし女を
これらは、一九一三（大正二）年の作で、左注に「殺人未遂被告某の精神状態鑑定を命ぜられて某監

獄に通ひ居たる時、折りにふれて詠み捨てたるものなり」とある。一首目は、色彩の赤を象徴的に用いて女を刺した血の狂気と恍惚を暗示している。二首目は、女を刺した囚人の眼がどこか恍惚としている様子をあらわして、不気味なサディズムが感じられる。

この時代、西洋の美学にとりこまれている雑誌『アララギ』の『赤光』批評特集号（一九一五年三月『アララギ』第八巻第三号）の誌面に、特徴的にあらわれたものに猟奇的サディズムがある。それは、ドイツの医学雑誌上に掲載された「蘭医日本女人解剖するの図」（原画は幕末の浮世絵）を転載したものという。

こうした身の毛のよだつ絵を芸術と称して掲げる感覚は、未来派の負の部分である女性蔑視と茂吉の性質の重なりを思わせる。なお、与謝野鉄幹によれば未来派の女性蔑視はニーチェに感化されているという[10]。

未来派宣言の中には「女子に対する軽侮を讃美す」「吾等は道徳主義 Moralismo 女性主義 Femininismo 及あらゆる因循なる怯懦を攻撃す」（鷗外訳）などの女性蔑視が見える。他、高村光太郎訳の「未来派婦人の楽欲論[16]」（グランテイヌ・ド・サンポワン）には、つぎのような文章が見える。

楽欲は征服者に対する当然の報酬である。人の死んだ戦争の後、戦ひ選良即ち戦勝者が、征服せられた国に於て、其の生の慰めのため強姦にまで至るは尋常の事である。

『高村光太郎全集』第十七巻 P.259

どこかの政治家の発言を思わせる。決してこのような思想がまかり通ってはならないのであるが、未来派は、近代的機械文明を肯定するのみならず、戦争や暴力を讃美し、強烈な女性蔑視をにおわせていた。やはり茂吉自身にも、これらにたいして、無批判な部分があったと見るべきである。

だが、茂吉もやがてこのような未来派の芸術観に慎重になってゆく。一九一六年七月の「文章世界」[17]に発表された、

汗いでてなほ目ざめゐる夜は暗しうつつは深し蠅の飛ぶおと

『あらたま』

この歌は、茂吉の孤独な内面がたちあらわれた歌である。寝苦しい夏の夜に汗をにじませながら眠れずにいる暗闇に、蠅が一匹飛んでいる。佐藤佐太郎はこれを「息苦しいやうな現実の深さを感じてゐる」と評している。「うつつは深し」については、作者茂吉が注して、「ニイチェの“die Welt ist tief”の語による」と言っている。“die Welt ist tief”は『ツアラトゥストラはかく語りき』の言葉であるが、氷上英広は「茂吉の注は唐突で、簡単すぎるから、どこまで『ツアラトゥストラはかく語りき』の思想が滲透しているかわからないが、ともかくこういうふうにニーチェが何となくかれの作歌の内面的な『業房』の一隅にひかえている」[18]と言う。茂吉の次男である北杜夫によれば、茂吉はニーチェを哲学者としてよりは詩人としてみていたといい、北杜夫のいうとおり、この場合もニーチェの思想というよりは、詩にひかれて転用したものと思われる。また、ここでは「蠅」とい

う一種気味の悪い昆虫がでてくるにもかかわらず、以前のような禍々しい美の響きはない。『あらたま』の冒頭の、

ふり灑《そそ》ぐあまつひかりに目の見えぬ黒き蟋蟀《いとど》を追ひつめにけり

は、未来派の特徴である禍々しさやサディズムがまだ感じられるが、『あらたま』の途中からむき出しの禍々しさやサディズムを徐々に離れたと見える。未来派の精神的な美と称するものが、あまりにも強烈すぎ、ためらいが生じることがあったのではないだろうか。『赤光』に特徴的に見える、アーリィモダニズム「未来派」からの影響を述べたのであるが、次に、「未来派」以外の西洋新興芸術からの影響について見て行きたい。

3　未来派以外の新興芸術からの影響

3－1　秒刻体（ホルツ）

『赤光』には、「未来派」以外の新興芸術の影響も窺える。その一つにマリネッティと同時に『柿本人麿』（『斎藤茂吉全集』第十六巻 P.408）に掲げられた、ドイツの詩人アルノー・ホルツからの影響がある。

『ファンタズス』は、ホルツが生涯手を入れ続けた作品で、その第一と第二は、一八九八年から一八九九年にかけて発表されている。『ファンタズス』は、貧民街の安アパートに住む詩人が飢え死にするまでの間に見る、壮大なファンタジーを描いたものである。ホルツは「電信体」「電報体」「秒刻

PHANTASUS

Sieben Billionen Jahre vor meiner Geburt
war ich
eine Schwertlilie

Meine suchenden Wurzeln
saugten
sich
um einen Stern.

Aus seinen sich Wölbenden Wassern,
traumblau,
in
neue,
kreisende weltenringe,
wuchs
stieg, stiess,
zerströmte, versprühte sich—meine dunkle Riesenblüte !

❖

An einem ersten, blauen Frühlingstag,
in einer Königlich preussischen, privilegierten Apotheke zum Schwarzen Adler,
bin ich geboren.

Vom nahen Georgenturm,
über den alten Markt der kleinen, weltentlegenen Ordensritterstadt,
zwischen dessen buntlich rundholprigem pflaster
noch Gras wuchs,
durch die geöffneten Fenster,
läuteten
die Sonntagsglocken.

Niemand—„ahnte" was.

Zu Mittag
gabs Schweinebraten und geschmorte Backpflaumen,
zum Kaffee schon
war ich
da.

Noch heut,
so oft sies mir erzählt,
lacht
meine Mutter !

❖

アルノー・ホルツ『ファンタズス』『斎藤茂吉全集』巻16　408頁　岩波書店 1974年

体」などと呼ばれる文体で、従来の詩の修辞法を廃したものである。鉄幹は、ホルツがマリネッティに暗示を与えたとみている。だが、時間の経過のままに描く秒刻体と、未来派のモンタージュとでは、異なるところが大きい。また、ホルツには、特に禍々しさは感じられない。

ホルツの方法は、宮沢賢治や石川啄木への影響が指摘されている。また茂吉においても、初版『赤光』の冒頭として有名な「悲報来」(一九一三・大正二年)の一連、

ひた走るわが道暗ししんしんと堪へかねたるわが道くらし
ほのぼのとおのれ光りてながれたる蛍を殺すわが道くらし
すべなきか蛍をころす手のひらに光つぶれてせんすべはなし
氷室より氷をいだす幾人はわが走る時ものを云はざりしかも
氷きるをことの口のたばこの火赤かりければ見て走りたり

にその影響が窺える。「悲報来」は、伊藤左千夫の死に際して、茂吉が島木赤彦の元へ知らせに走る場面である。氷室より氷を出す人々、たばこの火、左千夫の悲報とは全く関わりのないこれらは、茂吉が走りながら、その視界に捉えたものを刻々と写し取っているのである。この理屈ではない場

面の挿入によって、一連に奇妙な臨場感が生まれている。ただ見たものを写し取ったように見えながら、蛍の命の火と響き合う、闇と氷と火のコントラストが場面を盛り上げている。

3-2 ドーミエ（風刺）

にんげんの赤子を負へる子守居りこの子守はも笑はざりけり

この歌は、一九一三（大正二）年の「根岸の里」の一連にある。塚本邦雄は、根岸で偶然見かけたものを、茂吉がありのままに写生した、創作意識など爪の垢ほどもないと言う。だが、背中に赤子を背負う子守と背負われる赤子は共に「にんげん」である。赤子は眠っているのか笑っているのか、子守はもちろん眠ってもいないし、笑いもしない。この不気味な「にんげん」という言葉の用い方と、赤子と子守の対比は、塚本のいうような単純な発想ではない。一九一五（大正四）年の雑誌『アララギ』の裏表紙に掲げられたドーミエの絵を見れば、この茂吉の歌の感覚がよくわかる。ドーミエは写実主義画家で、当時の世相を写した風刺的諧謔性で知られている。貧しい人々の姿をそのままにあらわし、時に謎めいた不気味な表情の絵を描いて、のちの時代の多くの画家や芸術家に影響を与えたという点で、特に注目された。当時の茂吉の美的感覚の中には、このドーミエの絵につながるような人間に対する鋭い感覚があったと見るべきである。また、当時の『アララギ』の表の表紙（平福百穂の絵）は、それまでになく不気味で、エドガー・アラン・ポーの『大鴉』などを思わせる。なお一九一五年三月「アララギ」の赤光批評集に赤木桁平が茂吉をポーに比している言葉などもある。

アララギ

第八巻第壹號

一月號

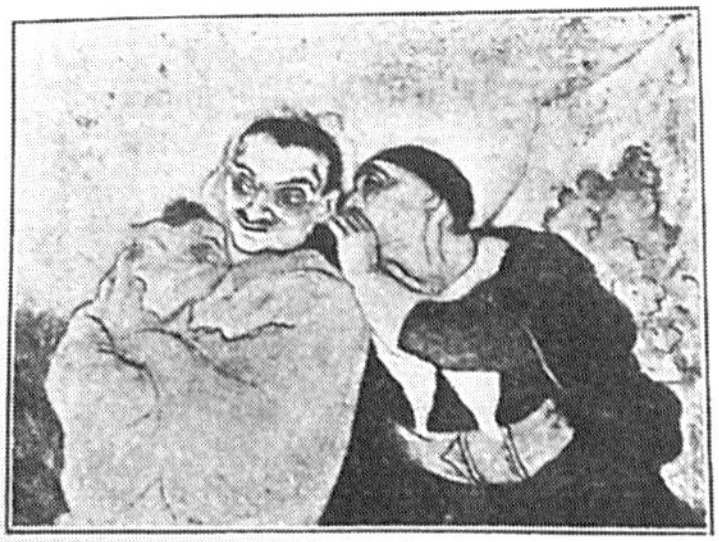

（左）平福百穂画　アララギ大正４年１月号表紙
（右）ドーミエ画　「クリスパンとカスパン」1986 年頃
ルーブル美術館蔵

3－3　キュービズム

猫の舌のうすらに紅き手ざはりのこの悲しさを
知りそめにけり

この歌は、一九一二（大正元）年の「折々の歌」の中にある。初版『赤光』では「猫の舌のうすらに紅き手の触りのこの悲しさに目ざめけるかも」であった。この歌の「悲しさ」は「愛」に通じる「かなしさ」であり、猫は女性に喩えられることが多い。この歌の場合も、恋愛の感情を描いているとみられる。初版の「目ざめけるかも」は、明解な発見を表し、「悲しさ」が明解にわかったという意味の歌になる。一方、訂正された「知りそめにけり」は、人知れず内にこもった体験的発見を思わせ、ひっそりとした情感となっている。

藤森朋夫は、この歌に対して「作者の行き方に異邦的なものを覚える」と評している。作者である茂吉は、『作歌四十年』に自註して、猫の舌といふものは、淡紅色で実に美しいものである。それに独特の棘状のやうなものがあって、その感覚がまた極めて近代的である。

『斎藤茂吉全集』第十巻 P.390

という。果たして、この歌の「異邦的」「近代的」という感覚はどのようなものであろうか。

猫は、平安時代中期の植物辞書『本草和名』に「家狸、一名猫　和名禰古末」とあり、「家狸」とされている。これは、かつて猫と狸が近い生き物と考えられていたことを表している。『日本霊異記』には、亡くなった父が猫になって正月一日に戻ってくるという話があり、『更級日記』でも、亡くなった侍従の大納言の娘が猫になって夢に現れるシーンがある。これらは猫への転生の物語であるが、猫には妖怪の話も多く、藤原定家の『明月記』に、猫胯（猫又）が人間を食い殺したという記述があるほか、『徒然草』や『古今著聞集』、江戸時代の妖怪絵巻にも猫又が登場する。このように、日本では古来、猫は霊的な動物というイメージが強い。また猫の体の部位で注目されるのは、『枕草子』に「むつかしげなるもの」の一つとして、「縫ひ物の裏。鼠の子の毛もまだ生ひぬを、巣の中よりまろばし出たる。裏まだつけぬ皮ぎぬの縫ひ目。猫の耳の中」とあるように、猫は「耳」に特徴のある動物と見られてきたのである。

猫の舌が注目されたのは、明治以降と考えられる。明治になって普及した西洋菓子の一つにビスケットがあるが、ビスケットの類似品に「ラング・ド・シャ（猫の舌）」がある。これは、生地を薄く焼き上げたフランスのビスケットで、十七世紀に考案されたという。猫の舌のざらざらした感触とクッキーの表面の類似からこの名がある。当時の日本では、英国風のビスケットが広まり、国木田独歩の『想出るまま』一八九五（明治二八）年に、海軍の食事として描かれるほか、正岡子規もその病床でビスケットを食べていたという。茂吉は、これとは少し違うフランス風の「ラング・ド・シャ（猫の舌）」のことを知り、猫の舌の棘状の感触を比喩とする西洋人の微細な科学的な分析に「近代」を感じたのであろう。

しかし、この歌の真の近代的感覚は、猫の舌の棘状の感覚を捕まえたことなどではない。この歌は、猫の舌の紅の色彩（視覚）が、突如としてざらざらとした思いがけない手触り（触覚）となり、「悲しさ」の発見につながる構成にある。一首は、言葉に切れ目がなく、滑らかに繋がれ、流れるような調べであるため、さほどの違和感もなくこれまで読まれてきたのである。しかし、この視覚と触覚を融合させた感覚ほど不可思議なものはない。これは、薄紅の舌から突如手が現れたようなもので、物体を固定した視点から描くのではなく別々の角度から見たイメージを一つの絵の中に合成したキュービズムの感覚と共通している。

当時、キューービズムはすでに日本で紹介され、広く知られていた。そのことは、北原白秋の『桐の花』に、次のようにいうところからもわかる。

ゴッホの狂ほしい外光の痛さ、ゴウガンの粗い生そのものの調色、或はマチスやピカソ、物を角に見るキユビストの新らしい神経の触覚

ここに白秋が「物を角に見る」と言っているのは、一九〇八年～一九〇九年にピカソとブラックによって創始された絵画様式の特徴をいうものである。ピカソとブラックは、透視図法的な形態把握の解体を推し進めたのであり、茂吉は、このキューービズム（立体派）の斬新な技法を歌の中に取り

入れたと見てよいのではあるまいか。

このようにしてみると、茂吉が、如何に西洋の新興芸術を敏感に取り入れていたかがわかる。しかしそうした中で、歌のつなぎ方、リズムに留意し、流れるような調べを意識していたのである。これは茂吉が近代人としての自らを意識しつつ、古代の調べである五七五七七を如何に運用してゆくかという挑戦の軌跡をなしている。

おわりに

茂吉は、『柿本人麿』『万葉秀歌』において、万葉集巻七の上下句の離れたかたちの歌を、物理の現象に喩えて声調の「屈折」といった。それは従来の和歌の世界では、「腰折れ」と言われる禁忌のかたちであったが、茂吉はこのかたちに新しい和歌の美のかたちを見出したのである。それは折しも二〇世紀初頭のヨーロッパで起った新興芸術「未来派」のモンタージュの方法に通じるところがあることを茂吉は見出し、自信を深めたと考えてよい。茂吉は、一九一二（大正元）年～一九一四（大正三）年にかけてモンタージュの方法とともに、未来派の禍々しい美に強い影響を受けて作品をつくり、それらを中心に編まれた『赤光』は、女性蔑視やサディズムという負の部分は賛成できないながらも、斬新さという点では、今日もなお衰えることのない魅力を放っている。

注

（1）塚本邦雄著『茂吉秀歌「赤光」百首』文藝春秋　一九七七年

（2）鎌田五郎著『斎藤茂吉秀歌評釈』風間書房　一九九五年　P.138
（3）中村稔著『斎藤茂吉私論』朝日新聞出版社　一九八三年
（4）西郷信綱著『斎藤茂吉』朝日新聞社　二〇〇二年　P.104～129
（5）『アララギ』一九五八年十一月号
（6）鈴木貞美著「日本モダニズム文藝史のために――新たな構想」『日本研究』国際日本文化研究センター　二〇一一年三月
（7）竹内英之助著「斎藤茂吉とドイツ詩人――ニーチェ、ゲーテ、デーメルの場合について」『国語と国文学』一九五五年八月
（8）森鷗外訳「未来派宣言」「椋鳥通信」『スバル』第五号　一九〇九年
『海外新興芸術論叢書』第2回　新聞・雑誌篇　第1巻　ゆまに書房　二〇〇五年
山口徹著「文芸誌『スバル』における「椋鳥通信」――一九〇九年のスピード」早稲田大学教育学部国語国文学編二
（9）斎藤與里著「未来派の絵」（上）一九一二年九月六日　読売新聞『海外新興芸術論叢書』第2回新聞・雑誌篇第1巻（一九〇九～一九一五）ゆまに書房　二〇〇五年
（10）与謝野寛・与謝野晶子著『巴里より』金尾文淵堂　一九一四年
（11）マリネッティのイタリア語の詩の翻訳は「株式会社アミット」
（12）上田敏郎著「宮沢賢治の〈心象スケッチ〉宮沢賢治とホルツのファンタズス」『学燈』一九八八年十一月号
梅津時比古著『《ゴーシュ》という名前』東京書籍　二〇〇五年
（13）斎藤茂吉著『作歌四十年――自選自解』筑摩叢書　一九七一年

（14）『生活と芸術』東雲堂　一九一三年
（15）品田悦一著『斎藤茂吉』ミネルヴァ書房　二〇一〇年
（16）高村光太郎訳「未来派婦人の楽欲論」『高村光太郎全集』第十七巻　筑摩書房　一九五七年
「女権主義者の要求する権利などは一つでも女に与へてはならない。そんなものを女に許したら未来派の望んでゐる無秩序などはとても持ち来さない」P.257
（17）『文章世界』一九一六年七月号
（18）氷上英広著「斎藤茂吉とニーチェ」『比較研究』一九六六年

第Ⅳ章　茂吉の後代への影響
～「屈折」を中心に～

鶏はめしひとなりて病むもありさみだれの雨ふりやまなくに

佐藤佐太郎

はじめに

茂吉の「屈折」の様式は最も明確で、後代に与えた影響が大きいものである。塚本邦雄は、茂吉の歌の上下句の離れたこのかたちを、二物衝撃と捉えた。二物衝撃は俳句でしばしば使われる言葉で取合せの妙を意味する。塚本は、茂吉の詩性に感化されるところが多くあったが、やがて時代がくだると茂吉を離れ、それは前衛歌人の方法と理解されるようになってゆく。さらに今日、二物衝撃は形骸化し、偶然の二物を張り合わせたところに、読み手の側がなんらかの詩を見出し、価値を与えるというものを、革命的斬新として持ち上げていることも少なくない。本第Ⅳ章では、こうした経過を辿り、再度茂吉の革命的な様式の意義について考えてゆきたい。

1　戦後の茂吉への評価

1－1　上下句の離れた様式についてのアララギの諸氏の評価

まず、茂吉作歌への評価の変遷について戦前も含めてみてゆきたい。

一九一〇（明治四十三）年作、

木のもとに梅はめば酸しをさな妻ひとにさにづらふ時たちにけり

先にも述べた通り、この歌について伊藤左千夫は、「この歌の言語の配置は頗る妥当を欠いて居る」

と一九一一（明治四十四）年一月号『アララギ』で激しく批判している。左千夫の批判は、古来「腰折」とされるかたちに類似であったためと考えられる。

つぎに、一九一三（大正二）年作、

　たたかひは上海に起り居たりけり鳳仙花の花紅く散りゐたりけり

この歌について近藤芳美は、戦後一九五八（昭和三十三）年十一月号の『アララギ』で

　わかるとかわからないとか云う議論に引き出されていたために、この歌は一種の名歌のようになってしまっている。……私はその頃の茂吉の作品の中では、物足りない平凡なもののような気がする。それは三句から四句に続く個所の転換と、そのための若気な思わせぶりのためだと思う。

と述べている。「三句から四句に続く個所の転換」とは、上下句に因果関係のないことをさしている。「物足りない平凡なもののような気がする」のは、単なるとりあわせと見えるからであろう。近藤芳美は、この歌を「若気な思わせぶり」といい、茂吉三十一歳の未熟な時代の作と見るのである。また土屋文明は、「私はこの歌は、軽く巧みすぎて、不賛成の意を表したところ、作者はひどく不満であった」と発表当時を回顧しつつ、のちには意見を翻し、「なんでもないことを二つ並べて、そこに一つの雰囲気をつくりだすという巧みさは、今でもなお繰り返されて役に立つ方法」と評価を変えている。

一方で、おなじく上下句が分裂する「腰折」に近いかたちの歌、一九一三（大正二）年作の、

　のど赤き玄鳥《つばくらめ》ふたつ屋梁《はり》にゐて足乳根《たらちね》の母は死にたまふなり

については、発表当初からひろく評価が高かった。これは、上下句の調べが「て」によってかすかにつながっていることで歌人達が反発しなかったこともあろうが、上の句の生命感あふれる玄鳥と、下の句の死にたまふ母との隔たりが、赤と玄の色彩とともに命の理として描きだされるところに高い評価がうまれたものと考えられる。近代アララギにおいては、いわゆる「腰折」の歌は、すべて排されるのではなく、上下句の呼応によってはよく評価されるものであった。

つぎにアララギ以外の評価を見てゆきたい。

1－2　アララギ以外の評価

斎藤茂吉に対する数ある評論のうちでも、西郷信綱の『斎藤茂吉』は注目されるものである。西郷は同著の第五章「二重性の世界」のなかで、

　めん鶏ら砂あび居たれひつそりと剃刀研人は過ぎ行きにけり

について、つぎのように万葉集との関連を指摘している。

> 「めん鶏ら砂あび居たれ」と、いきなり已然形で言い放っているのも見すごせない。「こそ」抜きで已然形で言い放つ例は万葉集にあり、むしろこの方が歌では古形であったらしく、茂吉もこれを万葉集から意識的に盗んできて『赤光』でしばしば活用したことは前章でも扱ったところである。
>
> 西郷信綱『斎藤茂吉』P.108

さらに、西郷は、

たたかひは上海に起り居たりけり鳳仙花の花紅く散りゐたりけり

について、つぎのように述べている。

肝腎なのは、異質なものを並べることによって生じるこの驚きが、それを享受するわれわれの喜びを増殖してくれる点にある。つまり茂吉の歌は、非連続性と断片化というこの二十世紀的ともいうべき問題に取り組み、その重層化に見事に成功しているのである。もしかしたら、それはニーチェと無縁でないかも知れぬ。周知のようにニーチェの文章は、断絶と飛躍にみちた寸鉄集から成る。それを茂吉は北杜夫のいう通り、思想としてではなくむしろ文学として享受していたのである。（中略）茂吉の歌における意味の両義性や重層性、あるいは文体的屈折はまさしく「曖昧さ」（ambiguity）のあらわれである。

同『斎藤茂吉』P.109

このように西郷は、「異質なものを並べることによって生じるこの驚き」「二十世紀的」「文体的屈折」などの言葉で評し、また、ここに外国文学からの影響を感じとるのである。しかし、茂吉に影響を与えた外国文学は即ちニーチェであるという思い込みがあり、ニーチェの文章にみられる断絶と飛躍を共通点として結びつけたのではあるまいか。ニーチェの文の断絶と飛躍とは詩の一般的な技法であり、茂吉の歌に見える異質なものを並べることによって生じる驚きは異なると思われる。筆者の考えによれば、ここに影響する外国文学は前章でのべたように未来派である。

茂吉の様式は、弟子の佐藤佐太郎にも継承されており、つぎに見てゆきたい。

1-3　佐藤佐太郎の継承

佐藤佐太郎は、一九二六（大正十五）年にアララギに入会、斎藤茂吉に師事、その後一九四五（昭和二〇）年に歌誌『歩道』を創刊する。佐太郎の記した『歩道』の入会案内には、

「歩道」は斎藤茂吉の流れをくむ短歌雑誌で、短歌の本質にもとづく純粋短歌を標識として、現実直視の短歌を追求してをります。

と、斎藤茂吉の短歌を継承する意志が記されている。その佐太郎作には、つぎのような歌がある。

鶏はめしひとなりて病むもありさみだれの雨ふりやまなくに　『帰潮』(1)

これは、戦後一九五二（昭和二十七）年に出版された第五歌集『帰潮』に収録された一首である。三句切れの上の句は、鶏のなかに目が不自由となった病弱なものがいることをいい、第四句以下の下の句は、五月雨が降り止まないのに……と、雨の情景をいう。五月雨が降り止まないことと、鶏の病気に直接の因果関係はないとみられるが、この二つをならべると相乗効果で、作者の心のやるせなさがたちあらわれている。この上下句のわかれたかたちや、盲目の鶏という題材のありかた、万葉集の用語「なくに」を結句にもちいた点などに、茂吉の作風に通うところがある。また、ほかに同歌集に、

あじさゐの藍のつゆけき花ありぬぬばたまの夜あかねさす昼　『帰潮』

これは佐太郎の代表作のひとつである。三句切れの上の句は、みずみずしい藍色の紫陽花を詠い、

下の句は「ぬばたまの夜」「あかねさす昼」とふたつの枕詞をもちいて対句的に昼夜をいう。万葉集における対句の昼夜は、普遍的な時の繰り返しをいう。それを学び、ここでも永劫性を感じさせる表現として用いる。紫陽花の移ろいのなかの「つゆけき」藍の一瞬を、古代からつづく永遠の昼夜の繰り返しに比して対照的にあらわしたものである。

一九五六（昭和三十一）年発行の第六歌集『地表』につぎのような歌がある。

霜どけのうへに午前のひかり満ち鶏はみなひとみ鋭し　『地表』(2)

この歌は、第三句が「満ち」という言いさしの表現で上下に切れている。上の句は、霜解けの地面の上に午前の光が満ちていることをいい、下の句は、鶏のひとみがみな鋭いという。確かに鳥類の目は鋭いのである。上下句は、一見関わりのないことのように見えるが、霜の冷たい光と鶏の鋭い目つきにはどこか響き合うものがある。

また、一九七〇（昭和四十五）年発行の第九歌集『形影』につぎのような歌がある。

憂なくわが日々はあれ紅梅の花すぎてよりふたたび冬木　『形影』(3)

二句切れの上の句では平穏を願い、下の句では梅が咲いて春が来たかに見えた後、再び冬木の状態にもどったという。上下句には直接の因果関係はないが、下の句の、梅の落花ののちに冬木にもどったような状態は、人生の起伏を暗示しており、上の句の平穏を願う心理に通うところがある。

このように佐藤佐太郎は、斎藤茂吉から学んで、しばしば上下句の離れた歌を詠んでいる。そのなかには非常に茂吉に近いものもあれば、茂吉のモチーフの影響を受けたものもある。しかし茂吉のような禍々しさが感じられないのは、生来の人柄に負うところが大であろうが、茂吉が未来派の影響を抜けてから師事したこともあると思われる。

また佐太郎以外にも、多くの戦後の歌人が茂吉から上下句のはなれた形を学んでいるように見える。それらを次に、考えてゆきたい。

2 前衛短歌へのながれ

2-1 吉本隆明の評価

斎藤茂吉の上海事変の歌に代表される上下句の離れた様式は、後代に大きな影響をもたらした。ここではその中からよく知られた歌人を取り上げてみてゆきたい。まず、戦後短歌の上下句の離れた文体の例としてつぎのようなものがある。

肉うすき軟骨の耳冷ゆる日よいづこにわれの血縁あらむ　中城ふみ子

これは、前衛短歌の先駆といわれる中城ふみ子の歌であるが、茂吉の上下句の離れた歌とおなじかたちをしている。当時は茂吉の歌を手本にする作者が数知れず、ふみ子もそのひとりであったと思われる。三句切れで上の句では肉のうすい耳が冷えることをいい、下の句では血縁のないことをいう。だが、耳が冷えることと血縁のないこととの関係性はわかりにくい。この歌について、吉本隆明がつぎのように評している。

短歌的な構成からだけかんがえれば、この下句は、上句とは無関係であり、したがって全体の構成的な意味は、耳が冷たくひえてくるようにおもわれる或る日、自分の血縁はどこにいるのだろうか、どこにもいないのだ、ということを考えたというほどのものになる。たとえば、これが現代詩の表現であったら、それ以外の理解は不可能なものとなり、この上句と下句は、行わけされることになる。しかし、この短歌の場合、あきらかに、これとはちがった重層化された意義がある。いいかえれば、「肉うすき軟骨の耳冷ゆる日よ」が「いづこにわれの血縁あらむ」という表現の暗喩としての機能をはたしているとかんがえることができるのである。

（中略）

したがって、この作品の思想的な意味は、「いづこにわれの血縁あらむ」ということだけであり、「肉うすき軟骨の耳冷ゆる」というのは、いづこにわれの血縁あらむ、ということを暗喩的にのべた表現としての意味をもっている。この即物的な耳の表現が、即物的な意味のほかに、このような暗喩的な意味を二重に内包できるのは、作者が、耳の形容句に、主体的な表現と客観的な表現とを変り身はやく重ねており、それが短歌的な可能性の特長をなしえているからである。

『吉本隆明全著作集5』(4) P.267

このように吉本隆明は中城ふみ子の上下句の意味が別々であるかたちに注目し、上の句が下の句の暗喩的な役割をなしていると解した。また他にも吉本隆明は同様の歌のかたちを他の作者においてもとりあげて、新時代の短歌の可能性をしめすと高く評する。これによって、この歌のかたちがよりひろまるのである。

これに関連して、つぎに三枝昻之の塚本邦雄評を見てゆきたい。

2-2　三枝昂之の塚本邦雄評

三枝昂之は、著書『現代定型論　気象の帯、夢の地核』(5)に、次のように吉本隆明の評言を引用している。

『吉本隆明全著作集5』に収録された「短歌的表現の問題」において、短歌における喩法の二重性をとらえ、「短歌的喩の展開」において、上句と下句とを相互感覚的または意味的喩として機能させることが現代短歌の典型的な姿であることを把握し、『言語にとって美とはなにか』において、感覚的な喩を「像的な喩」と捉え返した。『現代定型論　気象の帯、夢の地核』P.43

この「上句と下句の相互感覚」をもって現代短歌の典型的な姿とする吉本隆明の評言とは、先にみた、上下句の離れたかたちへの評価をさしている。

塚本邦雄は、「下句は、上句とは無関係」であるかたちを自覚的に行なったひとりである。その作風について三枝は、

五月祭の汗の青年　病むわれは火のごとき孤独もちてへだたる　『装飾楽句』(6)

祖国　その惨憺として輝けることば、熱湯にしづむわがシャツ　『日本人霊歌』(7)

薫製卵はるけき火事の香にみちて母がわれ生みたること恕す　『水銀伝説』(8)

そこには上句と下句をいったん可能なかぎり引き裂いて、引き裂かれた両句がいかに反転して

衝突しあい、その衝突からいかに激烈な情が噴出しうるか、という方法が明白であるといっていい

同　P.100～101

このように三枝は、「上句と下句をいったん可能なかぎり引き裂いて、引き裂かれた両句がいかに反転して衝突しあい」と、塚本の歌の上下句が引き裂かれているという。しかし「その衝突からいかに激烈な情が噴出しうるか」と評価するのである。ではここで、しばし三枝のいう「衝突」について考えてみたい。

三枝のとりあげた塚本の第一首を見ると、二句切れで、上の句の「五月祭の汗の青年」には若く美しい肉体への強い憧れがあり、下の句には対照的な「病むわれ」が「火のごとき孤独もちてへだたる」という。これは、どこへむけようもない内面の憤りと劣等感を描きだしているのである。この歌は、文法上では二句めで分断されているが、内容的にはつながりの見えるものである。対照的な二物は互いに呼応しながら衝撃的な内面の告白となっている。

第二首は、新古今和歌集に多いかたちの初句三句切である。冒頭の「祖国」のうしろに一字あきがあり、続く「その惨憺として輝けることば」は、はじめの「祖国」についての形容といえる。三句目の終りに「、」読点があり、上下句はここでいったん切れ、下の句「熱湯にしづむわがシャツ」へとつづく。上の句と下の句の関連は一見不明である。しかし、上の句「祖国　その惨憺として輝けることば」は、寺山修司の「マッチ擦るつかのま海に霧ふかし身捨つるほどの祖国はありや」の「祖国」に共通し、過去の悲惨な戦争を通して味わった「祖国」への憤りが見える。そこから飛躍する下の句「熱湯にしづむわがシャツ」は、労働による激しい汚れや汗の匂いを取り去る行為であるよ

うに見える。この歌が一九五八（昭和三十三）年の作であり、その頃の日本社会を考慮するに、この上下句を衝突させることにより、戦争で失った過去を消し去ろうとする時代へ憤りと拒絶感を抱かせるのである。

第三は、一字あけはないが、初句三句切れで「薫製卵」の後ろに読点を打つほどの休止がある。この「薫製卵」の後ろには格助詞「は」または「が」などが省略されており、意味上は「はるけき火事の香にみちて」と順接につながっている。一首の意は第三句で切れ、上の句と下の句「母がわれ生みたること恕す」ことには直接のつながりが見えないが、「卵」は、「母」が「生みたる」存在であるところの「われ」とつながり、「薫製」「はるけき火事の香」は、長い間母にたいして抱いていた強い憤りや怒りを連想させ、暗示的なつながりが見える。

これらの塚本の歌には、三枝の言「上句と下句とを相互感覚的または意味的喩として機能」につながる用法が見える。なかでも三枝のあげた塚本の「祖国　その惨憺として輝ける……」の歌は、茂吉の上海事変の歌に共通する上下句の分離が見える。加えて、塚本は、ここであらたに新古今集につながる初句三句切れの声調を持ち込んだと考えられる。また、「薫製卵……」の歌の上下句のつながりは茂吉の、

　のど赤き玄鳥《つばくらめ》ふたつ屋梁《はり》にゐて足乳根《たらちね》の母は死にたまふなり

に類似のかたちである。調べの歌ではかすかに「て」でつながるが、上下句の意味に直接の関わりがない。このかたちは岡井隆にもつぎの一首がある。

　産みおうる一瞬母の四肢鳴りてあしたの丘のうらわかき楡　『斉唱』(9)

この岡井隆の歌は、上の句では「産みおうる一瞬母の四肢鳴りて」と母の出産の場面である。下の

句は「あしたの丘のうらわかき楡」と朝の丘に立つ楡の木をいう。上下句には直接の関わりはないが、調べの上では第三句を「て」でつなぐ。若い母の四肢の撓りと朝の空気、若い楡の緑が鮮烈なイメージでつながっている。これは、母の死を詠んだ茂吉の歌とは対照的である。また、同じく自らの誕生に関わる塚本の母の歌とも、その心情が対照的である。

今少し、塚本邦雄について見てゆきたい。

2-3　塚本邦雄の「二物衝撃」

三枝昂之がとりあげた塚本邦雄の実作を見てきたが、塚本邦雄は当時記号論の影響を受けつつ、このかたちを茂吉から学んだと考えられ、次のように茂吉を評している。

鳳仙花と上海動乱、この二物衝撃、二者の意外な出会によつて生ずる美的空間は、近代短歌のなかでも、『赤光』一巻の中でも、瞠目に値しよう。はつとするくらゐ新しい、緊張と戦慄を伴った短歌など、かつて誰が予想し、誰が実践して見せてくれたらう。（『茂吉秀歌「赤光百首」』）

ここで塚本邦雄が、茂吉の歌を「二物衝撃」と評していることに注目すべきである。また塚本は、茂吉の「木のもとに梅はめば酸しをさな妻ひとにさにづらふ時たちにけり」についても「二物衝撃」と評している。「二物衝撃」とは、俳句で使われる「取合せ」の技法をいう。つまり塚本は、茂吉が万葉集の研究を通じて、また大正時代のはじめにアーリィモダニズムの影響を受けて、人麻呂歌集歌の「腰折」の歌を「屈折」と捉えなおしたこの様式を、俳句と同じような「二物衝撃」と受け取ったのである。そして塚本は、そこからヒントを得て、つぎのような実作を行った。

館いま華燭のうたげ　凍雪に雪やはらかくふりつもりつつ　『水葬物語』[10]

国ほろびつつある晩夏　アスファルトに埋没したる釘の頭ひかる　『装飾楽句』

日本脱出したし　皇帝ペンギンも皇帝ペンギン飼育係りも　『日本人霊歌』

第一首は二句切で一マスをあける。この上下句には因果関係がなく、A「館いま華燭のうたげ」とB「凍雪に雪やはらかくふりつもりつつ」が並行している。華燭からイメージするきらびやかな世界と、凍雪の上にさらに雪がふりつもる凍えそうな世界の対比は、世の現実をしめしているようである。第二首も二句切で、一マスをあける。やはり上下の句を繋ぐものはなく、A「国ほろびつつある晩夏」、B「アスファルトに埋没したる釘の頭ひかる」この二つには、直接的な関係は見出せない。「国ほろびつつある」という不安な状況と、アスファルトに埋まってしまい、引き抜くことのできない釘との取合せには、意外性と驚きがある。第三首も二句切で一マスあきがある。この歌は、塚本邦雄の作中最も有名なもののひとつである。A「日本脱出したし」は、B下の句の「皇帝ペンギン」や「皇帝ペンギン飼育係り」の思考として因果関係で解釈し得る。しかし一マスあきがあるため、上下に因果関係はないと考えるべきであろう。この詩情を取払った、キャッチコピーにも似た文脈が評価されていると考えられる。

このように塚本邦雄は歌の途中で一マス開けることで二物の分裂を明らかにしており、これを「二物衝撃」と呼ぶのである。こうしたAとBをとりあわせる実験的な歌のかたちは、先の三枝昂之が取り上げた塚本の上下句に何らかの繋がりが感受できる歌とは、やや趣を異にしている。

次に、寺山修司の歌をみてゆきたい。

2－4　寺山修司の場合

中城ふみ子の死後、隆盛した前衛短歌をみると、上下句の離れた歌が数多く見られる。そこでまず、寺山修司の歌をみてゆきたい。寺山修司の有名な一首、

マッチ擦るつかのま海に霧ふかし身捨つるほどの祖国はありや　『空には本』(11)

これも上下句が別々のかたちをしている。寺山のこの歌は富沢赤黄男の俳句(12)

一本のマッチをすれば湖は霧
めつむれば祖国は蒼き海の上

の影響が指摘されている。三句切れの上の句は、夜の海でマッチに火をつける男が思い浮かぶ。これは古い映画にしばしば描かれるニヒルな登場人物であろう。マッチをする行為と祖国防衛には、無論直接的な関わりはないが、こうした映画は、戦争の辛酸を味わった人々の間で流行したものである。この歌には、敗戦後、戦前の価値観を全否定された日本人に共通する心情が強烈に響いている。

そら豆の殻一せいに鳴る夕母につながるわれのソネット　『空には本』

この歌の上の句は、焚き付けなどにするために乾燥させた空豆の殻が、風で一斉に鳴るのであろう。そうした夕暮れのもの寂しい情景は、下の句の母への思慕とつながっている。

アカハタを売るわれを夏蝶越えゆけり母は故郷の田を打ちていむ　『空には本』

この歌に見えるアカハタは周知のように、日本共産党の新聞である。寺山修司は、この歌に先立って俳句「アカハタと葱置くベット五月来る」を作っている。俳句にとりあわせた「アカハタ」「ベッ

ト」「五月」は、いずれも後の彼の短歌に生かされているものである。いずれにしろ、寺山修司は共産党員ではなく、彼の母親は農業に従事してはいない。この歌に登場する青年像は、彼が脳裏に作り出した虚像である。上の句に、共産党にかぶれたある青年がアカハタを売る場面が描き出され、そこへ夏蝶が飛来し、彼を追い越してゆくのである。この夏蝶は、実は時空をこえる存在であり、場面転換の役割である。夏蝶の飛来を契機として場面が急に切り替わり、下の句に、はるかな故郷で田を耕している母の姿が映し出されるのである。

向日葵は枯れつつ花を捧げおり父の墓標はわれより低し　『空には本』

この歌は、上の句に丈高く末枯れた向日葵の姿、下の句に身の丈より低い父の墓標をいう。この歌の向日葵は、終戦の夏を思わせると同時に、向日葵が九月ごろから丈の高く大きな花を捧げたまま枯れはじめることを思わせる。加えて寺山修司の父の訃報は、一九四五（昭和二十）年九月に届いている。寺山修司の父を亡くした当時の記憶にスライドをあわせたような雰囲気の歌である。

このように寺山修司の上下句の離れた歌は、時に映像上の手法を効果的に取り入れ、自身の内面とかさなって詩情ある作風となっている。先の塚本邦雄との大きな違いは、ひとつには上下句の間に一マスあきのないこと、また、塚本邦雄は二物衝撃の取り合せであったが、寺山修司は心理に深くつながっているのである。

同時代の他の歌人について、さらに見てゆきたい。

2－5　山中智恵子、岡井隆、前登志夫の場合

塚本にやや遅れる山中智恵子の第一歌集『空間格子』の冒頭、「記号論理」と題する作品群(13)に、塚

本と同様の上下句の離れたひとマスあきの形の歌が頻出している。「記号論理」は、同歌集の序に前川佐美雄が、

「記号論理」が何を意味するか、それはその作品を読む他ない

と言っているように、その示すところが今ひとつ明確ではない。作品を見ると、

教会はクレドに満てり　風下の濡れた土手の下の羊歯の化石

この歌は二句切れでひとマスあいている。前半は教会がクルド、即ちミサ典礼の式文「私は唯一の神を信じる……」という言葉である。第三句以下は、風下の濡れた土手の羊歯の化石をいい、この上下句の関係はわかりにくい。以後、『空間格子』以降の山中の歌集にも同様の形が頻出する。

みづからを思ひいださむ朝涼し　かたつむり暗き緑に泳ぐ　『紡錘』(14)

この歌の上の句は、何かがあり自失していた状態から脱した朝の涼しさをいい、下の句はかたつむりが暗い緑のなかを泳ぐという。かたつむりは、おそらく極浅い水のなかを懸命に歩いているのであろう。この上下句に直接の因果関係はないが、陰鬱とした状況から抜け出そうとする心理とその比喩という繋がりが見て取れる。

心のみあふれゆき街に扇選ぶ　光る彗星のやうに少年らすぎ　『みずかありなむ』(15)

これは、内心にあふれそうな思いを抱えながら店のなかで美しい扇を選んでいる年かさの女と、その店の外を少年達が彗星のように速くゆきすぎる場面を描いている。上下句は、それぞれ異なる立場の対照的な存在が描かれ、その一瞬の運命の交差で両者が対比的に美しく浮かび上がる。

また岡井隆の歌は、

灰黄の枝をひろぐる林見ゆ亡びんとする愛恋ひとつ　『斉唱』

この歌の上の句「灰黄の枝をひろぐる林」は、秋の黄色い紅葉の林をいうのであろう。外国の絵はがきのような壮麗な景色が思い浮ぶ。下の句は、今にも亡びようとする愛恋がひとつあるという。秋の景色と恋の終りの関係は、古今集以来、「秋」は「飽き」に通じ、恋の終りを意味するとされた和歌の伝統との関わりを感じさせるものである。

蒼穹は蜜かたむけてゐたりけり時こそはわがしづけき伴侶　『人生の視える場所』(16)

これは、岡井隆の誕生日の歌である。自注に信濃路の夕空に「濃厚な蜜のような雲が斜めに流れている」とあることから、上の句は、壮麗な夕雲のひかりの状景と解せられる。下の句は、人生の伴侶が、妻でも友人でもなく「時」ということからニヒリズムと言われているが、こうした「時」のあらわしかたは、人生における黄昏時のイメージにつながるものである。この上下句の分離した歌には、己が人生の照り輝くような瞬間への自負が感じられる。ここにあげた岡井隆の歌には一マスあきはないが、他には上下句の間に一マスをあけるものも散見する。岡井隆の歌は、ときに過剰な言葉の使い方に、演出過剰気味に感じる場合もあるが、心情と深くむすびついた表現である。

つぎに前登志夫の歌を見たい。

かなしみは明るさゆゑにきたりけり一本の樹の翳らひにけり　『子午線の繭』(17)

これは、彼の第一歌集の巻頭を飾る重要な歌で、三句を「けり」で終止したのち、ふたたび結句を「けり」で止めている。茂吉の「たたかひは上海に起り居たりけり鳳仙花の紅く散りゐたりけり」とおなじ形である。ここに前登志夫は、茂吉の革命的な歌の形を意識しつつ、その上に独自の世界を切り開いて行った形跡がある。前登志夫のこの歌は光と陰のコントラスト、自然の樹木の生命のなかに、人の生の悲哀や諦念を古典語の「愛《かな》し」をもってあらわしている。人は、愛ゆえに喜び悲しみ苦しむ。前登志夫の上下句は、分断されているようでありつつ、リフレインの効果を上げている。

以上、戦後の歌人たちの歌を見てきた。こうした歌が茂吉の専売特許でもないだろうという意見もあろうが、第Ⅱ章で見たように、茂吉以前は上下の意味的つながりのないかたちは禁忌であった。それを覆したのが他ならぬ茂吉なのである。P.44で見たように「プリオテエト」という語を用いて師の左千夫に先取権を与えつつ、人麻呂歌の再評価を行ったことは和歌史上の大改革であった。そして茂吉はこのかたちを実作に転化して物議を醸しつつも、『赤光』の大成功とともに日本中にこの歌のかたちを広めたことになる。『赤光』の高名と人気を思えば、戦後歌人達は何らかのかたちで茂吉を意識し、そこから影響を受けたとしか考えられないのである。特に、塚本邦雄や岡井隆は茂吉を深く学んで著書をあらわしている。塚本が茂吉の歌を二物衝撃と評し、そこから派生したような歌を多作し、それがまたひろまったように見えることは、いわば茂吉の二次的な影響と言えよう。また前登志夫は少し意外に思えるが、彼もまた茂吉から密かに学んでいたと見られることが多い。

おわりに

茂吉の声調のうち、後世にもっとも影響を与えたのは「屈折」の様式である。それは、茂吉の弟子や戦後の若い歌人に影響を与え、やがて吉本隆明により「重層化された意義」「暗喩の機能」として評価されことから前衛短歌の歌人たちの力となったものである。前衛短歌時代は、それぞれの茂吉の解釈をもとに、新しい時代の作品へと反映された。その後、こうした流れは現在に受け継がれている。

注

(1) 佐藤佐太郎歌集『帰潮』第二書房　一九五二年
(2) 佐藤佐太郎歌集『地表』白玉書房　一九五六年
(3) 佐藤佐太郎歌集『形影』短歌研究社　一九七〇年
(4) 『吉本隆明全著作集5』勁草書房　一九七〇年
(5) 三枝昂之著『現代定型論　気象の帯、夢の地核』而立書房　一九九四年
(6) 塚本邦雄歌集『装飾楽句』作品社　一九五六年
(7) 塚本邦雄歌集『日本人霊歌』四季書房　一九五八年
(8) 塚本邦雄歌集『水銀伝説』白玉書房　一九六一年
(9) 岡井隆歌集『斉唱』白玉書房　一九五八年
(10) 塚本邦雄歌集『水葬物語』メナード社　一九五一年
(11) 寺山修司歌集『空には本』的場書房　一九五八年
(12) 富沢赤黄男句集『天の狼』一九四一年　『富沢赤黄男全句集』全一巻　書肆林檎屋　一九七六年
(13) 山中智恵子歌集『空間格子』日本歌人社　一九五七年
「記号理論」一九五四年〜一九五六年
(14) 山中智恵子歌集『紡錘』不動工房　一九六三年

（15）山中智恵子歌集『みずかありなむ』国文社　一九七五年
（16）岡井隆歌集『人生の視える場所』思潮社　一九八二年
（17）前登志夫歌集『子午線の繭』白玉書房　一九六四年

第Ⅴ章

声調の「波動」とは何か

冬霧のたちのまにまに石だたみの歩道は濡れて長し夜ごろは

はじめに

「波動」は、もともと伊藤左千夫が評価語のなかに使い、その後、現代でもアララギ系の短歌の批評用語として用いられることがある。しかしその意味は、広く秀歌をさす場合もあれば声調のニュアンスをいう場合もあり難解である。斎藤茂吉も万葉集の長歌、特に人麻呂のそれを研究する場合に「声調」の一つとして「波動」をいう。茂吉のそれは発表当時から難解と言われ、事実難解であるものの、その概念を捉えることは可能であると考える。しかし、人麻呂長歌の技法と短歌のそれを同じと見てよいかという疑問もあろう。それに対しては茂吉の次の文をあげたい。彼は人麻呂の長歌を西洋詩と比較して次のようにいう。

> その大きな波動をなして音調の進んでゆくさまは心ゆくばかりであり、西洋の詩などと違つて連続性であるにも拘はらず、そこに微妙の休止と省略と飛躍と静止と相交錯した変化を保たせながら進行せしめてゐるのはどうしても多力者の為業である。タマダスキ　ウネビノヤマノ　カシハラノ　ヒジリノ　ミヨユ　でも、初句は『き』で止めて、幾つかの『の』が続いたかとおもふと、びしりと、『ゆ』で受けたあたり何ともいへないのである。併し長歌は連続句法のものだから、内容の点から行くとさう複雑であり得ないものである。従つてこの長歌も内容は存外簡単である。これは人麿の思想内容が貧弱だといふよりも、長歌の形式がさうせしめてゐるのである。
>
> 『柿本人麿』（総論篇）一九三四（昭和九）年初出　『斎藤茂吉全集』第十五巻 P.187

> 長歌の形式は連続形式だから、相当に長[redacted]とも、内容が比較的少いものである。さうでないと調子が取れないので、これは西洋の詩や、[redacted]時の日本の自由詩などと違ふ点である。
>
> 同　『斎藤茂吉全集』第十五巻 P.190

> それだから、この長歌の声調は[redacted]洋の詩、特に近代自然主義以後の詩のやうな切れ切れな、訥々とした声調のものでなく、[redacted]つの連続音楽と看做してもいいものである。そして、この長歌などは事柄はいろいろの事[redacted]云つてゐるが、一つの感動で統一してゐると謂つてもいいものである。
>
> 同　『斎藤茂吉全集』第十六巻 P.438

長々と引用したが、[redacted]歌を基本的に西洋詩や近代詩のように切れ切れではなく、詩文としては長くとも内容は少な[redacted]一つの感動で統一していると見ていることを示したかったのである。そういった観点から茂吉のいう「波動」は、長歌だけでなく短歌にも言えることを確認しておく。茂吉は、「現在の私の考では、人麿のものでも短歌をば長歌よりも好んでゐる」「私の作歌は短歌を専とし長歌までは力が及ばない」（『斎藤茂吉全集』第十五巻 P.190）と長歌の実作を行なわない。しかし短歌と長歌を和歌として、それを声調で捉えていたことは確実である。本章では茂吉が「波動」をどのように見ていたかを分析し、実作にどのように生かしたかを考察する。1では、まず、波動という言葉に明治という時代が与えた影響を考える。

1　明治期における物理学用語としての「波動」

「波動」は、古くは仏典や杜牧の詩、類書『藝文類聚』などの漢籍のなかに見える語であったが、[1]久しく注意を引くような使用はされてこなかった。学問用語としても、江戸時代の蘭学の書[2]では「波動」は使われておらず、明治に入ってから物理学の用語として用いられるようになる。一八七二年、明治政府により学制が制定され、欧米の新知識である物理に注目があつまり窮理ブームがおこる。小中学校、師範学校の教科書として『物理階梯』[3]（一八七四年）が、明治前半期にもっともよく読まれた物理書であったと言われている。しかし、同書には、「波動」の使用はなく、同年に出版された『小学物理書』[4]の上巻「第二十章音学」に、

> 夫レ響体ノ音ヲ発スルニ方リ顫動スレハ其顫動ヲ周囲ノ空気ニ伝ヘコノ一層ノ空気顫動シ之ヲ他ノ一層ノ空気ニ伝ヘ終ニ来テ我耳ニ入ル斯ノ如ク空気ノ動クヤ恰モ石ヲ水面ニ投スレハ水面輪漣シ波動ヲ起スカ如シ

と「波動」が比喩的に用いられている。ただ、この段階では「波動」は、まだ物理学用語とは言えなかった。

三年後の一八七七年、師範学校の物理の教科書『萬有七科理学』[5]に「波動論」という言葉が見える。同じ項目に「反射」「屈折」とあるところからこれは光の波動と見られる。一八七九年の『改正物理

全志[6]』では、「光の性質及ビ其根元」として、「波動説」ではなく「波及説」とされている。『改正物理全志』と同年に発刊された『物理学[7]』では、目次に「波動総論」があり、〔水ノ波動〕〔縄索ノ波動〕〔音響ノ波動〕〔音ノ振動数並ニ波動ノ長径ヲ知ルノ法〕〔一処ニ定住スル所ノ大気ノ波動〕がある。また当時、グラハム・ベルによって電話機が発明され、その実験に立ち会ったとされている岩倉使節団の小宮山弘道が一八八〇年に出版した『近世二大発明伝話機蘇言機[8]』に音の「波動」が見える。翌一八八一年出版の東京帝国大学の物理教科書『士都華氏物理學[9]』に「波動」が見える。この波動は振子と音の波動である。一八九二年の『普通物理学[10]』に光の波動説という言葉が見える。当時はまだエーテルの存在が信じられており、光の波動説はエーテルを媒介物としていると説かれている。一八九三年の『物理学原論[11]』にエーテルの波動がみえ、『近世物理学[12]』には、光と音が波動で説明される。一八九七年に出版された『医学生受験用　物理書[13]』は、水にも「波動」を用いる。このように明治期には物理学用語としての「波動」は、光、音、電気、水、空気などの説明に使用されはじめる。時期の違いはあるが、さらに物理学の枠を越えてさまざまに使われるようになり、一般化してくる。これらのなかでも、茂吉が長歌を分析する際に念頭に意識した「波動」は、視覚にうつる水の波動などホイヘンスの原理[14]に近いものであったと考えられる。ホイヘンスの原理は、前進する波面の各点から出る小さな無数の球面波が重なり合って、次の波面を作るという原理である。水は、広がった先に弱るものもあるが、特に波が大きい場合など、障害物の後ろに回り込む「回折」という現象がある。自然界を見れば、波には干渉や回折などの現象があり複雑な動きを起して美しさを現出させる。この回折現象は、本章4節1項（P.146）で述べるように、茂吉が長歌の分析にのみ参考にする重要な現象である。

2　明治期の文学作品中にあらわれた「波動」

前節にみた物理学用語が一般化するにおよんで「波動」は文学の分野でももちいられるようになる。

はやく一八八二年、『新体詩抄』の序文[15]には「光線波動ノ説」なる表現が用いられる。この文には実態の説明はなく、新時代を象徴する輝かしい知識のひとつとして名称のみが紹介される。

一八九四年になると、北村透谷は遺作となった『エマルソン』[16]に次のように述べる。

彼は一切の事情を以て、一切の「自然」を以て、一切色界の現象を以て、無限の心霊の反映と認めたり。之を以て、彼の前に狂乱吼ゆるとも、彼の後に懸崖倒るゝとも、彼は之を以て畏怖すべき者と思はざるなり。無常流転は彼れ之を知れり、生死遷滅は彼れ之を知れり、然れども彼は之を表面の小波動として知れり、彼は万物の奥に不退転の霊あるを認めて之を信じて動かず。

北村透谷の著したこの『エマルソン』には、科学的用語が多用されており、「小波動」は物理学用語の転用と見られる。「小波動」は、「不退転の霊」から見れば「生死遷滅」は些細なできごとにすぎないという比喩である。こうした『エマルソン』における科学用語の多用は、北村透谷の言語感覚というよりも、エマーソンの『The Over Soul』[17]（一八四一年）などにもともと科学用語が特徴的に用いられていたことからの影響と見られる。

このの ち、夏目漱石や森鷗外も「波動」を用いる。一九〇五年『吾輩は猫である』、同年『幻影の楯』の「波動」は影響の意味である。鷗外の一九〇九年「仮名遣意見」、一九一一年『カズイスチカ』も影響の意で用いているが、同年『ヰタ・セクスアリス』になると物理学的な用語としての「波動」である。これらの「波動」の用法は次のように分類される。

①波……………………『米歐回覽實記』[18]
②物理学用語…………『エマルソン』『ヰタ・セクスアリス』[19]
③物事への影響………『吾輩は猫である』[20]『幻影の楯』[21]
「仮名遣意見」[22]『カズイスチカ』[23]

こうした明治の文学作品にみられる三つの用いられ方で、伊藤左千夫の『萬葉集新釋』に見られる「波動」は、物理学用語から万葉集の評価語に転用されたものと見られる。万葉集の評価語「波動」及び声調様式「波動」について次節以降で考えてみたい。

3　万葉集の評価語「波動」から茂吉の声調様式の「波動」へ

3－1　伊藤左千夫の「波動」

伊藤左千夫の『萬葉集新釋』は一九〇四（明治三十七）年より雑誌『アララギ』に連載が開始された。額田王の三輪山の歌（巻一・十七番歌）を一九一〇（明治四十三）年一月に、うまさけ、みわの山、青丹よし、奈良の山の、山の間ゆ、いかくるまで、道のくま、いつもるまでに、つばらかにも、見つゝゆかむを、しばくも、見さかむ山を、心なく、雲乃、隠さふべしや

『左千夫全集』第七巻 P.83

とりあげて次のように言う。

第五句以下は層々として寄せ返す波の如くに、情緒の波動を勢に任せて、一句は一句より強く「心無く」「雲の隠さふべしや」と熱情の極、雲にも山にも命令せん許りに叫破して居るのである。

『左千夫全集』第七巻 P.87

このなかで伊藤左千夫のいう「情緒の波動」とは、情緒から起るエネルギーの高ぶりが連続して現れ、つのってゆく様をいうのである。左千夫は、目に見えないエネルギーによって第五句以下が「一句は一句より強く」なり、ついには「熱情の極」となるという。第五句以下とは「山の間ゆ、いかくるまで、道のくま、いつもるまでに、つばらかにも、見つゝゆかむを、しばくも、見さかむ山を、心なく、雲乃、隠さふべしや」という部分において、「一句は一句より強く」は、「いかくる」「いつもる」の強意の「い」音の響き、「やま」「間（ま）」「まで」「みちのくま」「まで」の「ま」の音の連続と、句を切れ目なくたたみ掛け、情意を強めてゆく表現方法を「波動」と呼んだのである。これは万葉集歌の様式評価とみてよいであろう。科学の時代にふさわしい語を用いて、万葉集を評価する試みが、緒に就いたと見てよいであろう。伊藤左千夫の「波動」は、この後アララギ会員に

うけつがれてゆく。[24]

3―2　島木赤彦の「波動」

島木赤彦は、『萬葉集の鑑賞及び其批評』[25]に二例（二首）、『歌道小見』[26]に三例（二首）「波動」を用いている。『萬葉集の鑑賞及び其批評』に「波動」とする歌は巻一・七四番歌と巻三・四一六番歌である。巻一・七四番歌、

　三吉野の山の嵐の寒けくにはたや今夜も我が独寝む

について赤彦は次のように言う。

　此歌全体に意と調と暢達して居り、中へ「はたや」といふ詞が入つて一首の調べに波動を生ぜしめてゐるあたり、味はうて尽きざる情がある。

『萬葉集の鑑賞及び其批評』一九二五（大正十四）年『赤彦全集』第三巻 P.108

一首の構造は、初句より「三吉野の」「山の」「嵐の」と畳み掛けるようなリズムがあり、「寒けくに」で切れている。赤彦はここに「はたや」という詞が入ったことにより一首の調べに波動が生じたとしている。感情の激する時、口から弾き出される詞の多くが断絶するのが自然である、[27]という赤彦の考えからすると、「はたや」の「や」で切れ、結句に意が集約されるこの歌は、寂しくてならない感情の昂りと受け止めたとみられる。これを「波動」と呼んでいるのではないだろうか。

巻三・四一六番歌、

百づたふ磐余の池に鳴く鴨を今日のみ見てや雲隠りなむ

に対して、赤彦は次のように評価する。

この歌に現れてゐるのは死の虚しさである。虚しさに徹して初めて歌の哀れさがあるのである。「今日のみ見てや」の「や」が全体に与ふる調子の波動に注意せんことを望む。

『赤彦全集』第三巻 P.111

ここで赤彦は第四句の「や」に注目し、「や」に歌全体へ影響を及ぼす「波動」があるとしている。歌は、初句から第四句まで句切れなく続き、第四句「今日のみ見てや」で一旦切れる。悲痛の情が激した結果声が途切れ、一呼吸おいたのち、結句に心の叫びが集約される。これを巻一・七四番歌の批評と合わせて考えると、感情の流れが一旦休止し、より強い感情が吐露されることを「波動」と呼んだと見て良い。赤彦のこの「波動」は、左千夫の評価語の「波動」を一歩すすめ、様式として捉える姿勢を示している。こうした赤彦の「波動」のとらえかたは、後述するように後の茂吉に影響を与えた。

なお、わかりにくいことだが、赤彦は一方で、大正七年『信濃教育』四月号においては、万葉集を単に讃美する言葉としても「波動」を用いている。額田王の巻一・二〇番歌、

茜根刺紫野行き標野行き野守は見ずや君が袖振る

にたいして、赤彦は次のように言う。

激情的なるべきに激情の波動を伝へ、慎ましくひそかなるべきに慎ましくひそかなる波動を伝ふるに於て歌の生命はじめて活躍す。額田女王の御歌の如き万葉集中に存するもの悉くこれ生命の波動ならざるはなし。之は額田女王の御歌に対して奉るべき評語にして同時に又万葉集二十巻の歌すべてに推し得べきの評語なりとす。

『赤彦全集』第三巻 P.252

ここで赤彦は、巻一・十七番歌の三輪山の歌を「激情的なるべきに激情の波動」、巻一・二〇の蒲生野の狩りの歌を「慎ましくひそかなる波動」としている。「波動」は生命そのものの波動として一概に激しい感情をのみをいうものではなく、ひそかなる思いを吐露する心情ともなることを示している。額田王の「御歌の如き万葉集中に存するもの悉くこれ生命の波動ならざるはなし」とし、さらに万葉集全二十巻の歌すべてに「推し得べきの評語なり」としている。つまり『歌道小見』における赤彦の「波動」は、万葉集の歌から伝わる心情への讃美の言葉として用いられており、様式の評価語とは言えないのである。

このように、島木赤彦の「波動」は、万葉集の歌の様式を言うものと、万葉集が歌う心情への讃美の二つの意味があった。これらの二面のうち茂吉は、次節で述べるように様式の「波動」のみを受け継ぎ、発展させている。

4　斎藤茂吉の「波動」

4-1　長歌の「波動」

斎藤茂吉は、『柿本人麿』に十八例（九首）、『万葉秀歌』に五例（四首）「波動」を用いている。以下に、『柿本人麿』で七首の長歌において「波動」という語を使用して茂吉が説くところを見てゆきたい。

（ア）「波動」における音の流れ

茂吉の『柿本人麿』のなかで最初に「波動」が見えるのは、総論篇の第四「柿本人麿私見覚書」（一九三四年書きおろし刊行）の近江荒都歌（巻一・二九～三十一番歌）についての文中である。茂吉の近江荒都歌（巻一・二九）の訓は次のとおりである。（※訓は『斎藤茂吉全集』第十六巻 P.416を使用）

玉襷　畝火の山の　橿原の　日知の御代ゆ或云、宮ゆ　生れましし　神のことごと　樛の木の　いや
つぎつぎに　天の下　知ろしめししを或云、めしける　天にみつ　倭を置きて　あをによし　奈良山を
越え或云、そらみつ　大和を置きあをによし平山越えて　いかさまに　おもほしめせか或云、おもほしけめか　天離る　夷にはあれど　石走る
淡海の国の　ささなみの　大津の宮に　天の下　知ろしめしけむ　天皇の　神の尊の　大宮は
此処と聞けども　大殿は　此処と言へども　春草の　茂く生ひたる　霞立つ　春日の霧れる
或云、霞立ち　春日か霧れる、夏草か繁くなりぬる　百磯城の　大宮処　見れば悲しも或云、見ればさぶしも

反歌

ささなみの志賀の辛碕幸くあれど大宮人の船待ちかねつ
ささなみの志賀の大曲淀むとも昔の人に亦も逢はめやも

これらの歌に対して茂吉はつぎのように評する。

　これなどは、天爾遠波《てにをは》の使ひざまなどは実に達人の境で、その大きな波動をなして音調の進んでゆくさまは心ゆくばかりであり、西洋の詩などと違つて連続性であるにも拘はらず、そこに微妙の休止と省略と飛躍と静止と相交錯した変化を保たせながら進行せしめてゐるのはどうしても多力者の為業である。タマダスキ　ウネビノ　ヤマノ　カシハラノ　ヒジリノ　ミヨユ　でも、初句は『き』で止めて、幾つかの『の』が続いたかとおもふと、びしりと、『ゆ』で受けたあたり何ともいへないのである。

「柿本人麿私見覚書」『斎藤茂吉全集』第十五巻 P.187

このように、茂吉はこの歌を「大きな波動」をなして「音調」が「進んでゆく」と言っている。ここに茂吉のいう「微妙の休止と省略と飛躍と静止と相交錯した変化を保たせながら進行せしめて」ということを考えると、私見によれば、つぎの十七種類の波の動きが考えられる。

①「畝火の山の橿原の日知の御代」に四回「の」の連続
②「御代ゆ、」は、「ゆ」のうしろに「、」読点を置く程の小休止
③「生れましし」に極細かな「し」の繰り返しの波がある
④「神のことごと」は、清音と濁音の近似の音の繰り返し
⑤「樛の木の」は「の」の繰り返しの波

⑥「いやつぎつぎに」は濁音を含む同音の繰り返し
⑦「天のした　しろしめしし」で同音の繰り返し
⑧「しろしめししを……」のあとに「……」を付けるような切れがあり、ここに「飛躍」がある
⑨「天にみつ　倭を置きて」「あをによし　奈良山を越え」は、類句の大きな波
⑩「いかさまにおもほしめせか。」に「。」を置くような静止がある
⑪「天離る夷にはあれど、石走る淡海」と「ど」の音で停滞ぎみの中に、「る」の同音の波がある
⑫「淡海の国のささなみの大津の宮」と「の」の連続と
⑬「天のしたしろしめしけむ」には「し」の同音
⑭「天皇の神の尊の、」と「の」の連続のあと「、」を置く程の休止
⑮「大宮は　此処と聞けども」「大殿は　此処と言へども」対句の大きな波
⑯「春草の　茂く生ひたる」「霞立つ　春日の霧れる」類句の変形の波
⑰「百磯城の　大宮処　見れば悲しも」感情の波がここ（本旨）に押し寄せる

このように、茂吉が長歌において「波動」と呼ぶものは、同音、対句、類句の繰り返しの波の間に、休止や飛躍、静止などがあり、休止や飛躍、静止は所謂「波の干渉」で、波が一瞬消えたかに見える現象に喩えるものである。「波動」はそれらが音を中心として進行することである。

しかしこのほかに、茂吉の「波動」を理解するためにはもうひとつ、物理学現象の波の回折の概念を理解しておかなければならない。茂吉は、回折という語を直接使ってはいないが、巻二・一三五番歌につぎのような図を示しており、注14にあげたホイヘンスの原理を踏まえた上でこれをみると、波の回折の概念を以って理解していることがわかる。（『斎藤茂吉全集』第十六巻 P.554）

つぬさはふ　いはみのうみの　ことさへぐ　からのさきなる
いくりにぞ　ふかみるおふる
ありそにぞ　たまもはおふる
たまもなす　なびきねしこを
ふかみるの　ふかめてもへど
さねしよは　いくだもあらず
はふつたの　わかれしくれば
きもむかふ　こころをいたみ
おもひつつ　かへりみすれど
おほふねの　わたりのやまの
もみぢばの　ちりのまがひに
いもがそで　さやにもみえず
つまごもる　やがみのやまの
くもまより　わたらふつきの
をしけども　かくろひくれば
あまづたふ　いりひさしぬれ
ますらをと　おもへるわれも
しきたへの　ころものそでは
とほりてぬれぬ

この図について、茂吉はつぎのようにいう。

この歌の方は、前の歌に見るやうな対句らしい対句は、『いくりにぞ深海松おふる、荒磯にぞ玉藻はおふる』だけである。その他は、対句的傾向を示してゐるが純粋の対句ではない。『玉藻なす靡き寝し子を、深海松の深めて思へど』の如きが即ちそれである。また、直接的対句でなく句を隔てて対句的になつて居るのがある。例へば、『わかれしくれば』、『かくろひくれば』の如き、『ふかめてもへど』、『かへりみすれど』の如き、『いくだもあらず』、『さやにも見えず』の如き、『わたりの山の』、『やがみの山の』の如き、句を隔てたものである。それから、『はふつたの別れしくれば、肝むかふ心をいたみ』のところの、『ば』、『み』の具合なども、繰返しの傾向があつて変化を試みてゐるのである。この歌が前の歌と右の如き差別があるといふことが、やがて前の歌よりも内容が細かく感ぜしめ、写実的要素の多いことをおもはしめる所以でもある。

『斎藤茂吉全集』第十六巻 P.555

このように茂吉は、『わかれしくれば』『かくろひくれば』の「ば」、『ふかめてもへど』『かへりみすれど』の「ど」、『いくだもあらず』『さやにも見えず』の「ず」、『わたりの山の』『やがみの山の』の「のやまの」などの同音を持つ句を、「対句的傾向」と呼び、離れた場所にあるが対句の一種と考えているのである。ここに波の回折の考えが見える。波の回折は障害物にあたった波が後方へまわりこむ現象であるが、茂吉によれば長歌においてはほかの波も障害物となる。波がまず高い位置に

「おおふねの　わたりのやまの」へ回り込むが、次の「もみぢばの　ちりのまがひに　いもがそでさやにもみえず」が障害となって、「つまごもる　やがみのやまの」へまわりこむというのである。

なお詳しく茂吉の図をみると、「いくりにぞ」「ありそにぞ」の「にぞ」の類音で高さをそろえ、その下に「なる」「おふる」「おふる」という類似の音を記し、段の高さと「△」の印によって音の重なりをしめす。これは繰り返しの波の伝播の様子をあらわしている。また、「●」点を打つ「ふかめてもへど」「かへりみすれど」は末尾の「ど」の同音によって離れた場所にある対句的表現がある。「なびきねしこを」の飛躍を障害物と見、障害物にあたった波が、「かへりみすれど」に回り込んだと考えているのである。また、「なびきねしこを」と「おもへるわれも」に「●」点があるのは、「児」と「吾」に対の関係をみるからである。茂吉は、「ますらをと　おもへるわれも」について、現代では受け入れ難い句だが、当時は新鮮な肉体感があったのだろう、という。これは「たまもなす　なびきねしこを」に女性の新鮮な肉体感があることから、「ますらをと　おもへるわれも」を対句的傾向と捉えたものである。この対句的表現も波の回折であり、「ふかみるの」から「いにひさしぬれ」までの間を波が回り込んでいる。

このように、茂吉は音の繰り返しと休止による波だけでなく、波の回折の現象も「波動」に含めている。自然界において大小の様々な波が回折をおこして美を現出するように、長歌において音の繰り返しと休止を多用し、また、対句表現のそれぞれを離れたところに分置し、そのような組み合わせをいくつもこしらえるという技巧を駆使しながら歌の最終に到って感動が最高潮に達することを波動というのである。

（イ）同音同意の繰り返しが持つ陶酔性

さらに、茂吉のいう「波動」を詳しく見てゆきたい。巻一・三八番歌の部分、

神ながら　神さびせすと　芳野川　たぎつ河内に　高殿を　高しりまして　登り立ち　国見をすれば　畳はる　青垣山　山祇の　奉る御調と　春べは　花かざし持ち　秋立てば　黄葉かざせり

『斎藤茂吉全集』第十六巻 P.471～472

について茂吉は次のように言う。

例へば、『かむながら、かむさびせすと、芳野がは、たぎつかふちに、高殿を高しりまして』あたりでも、これだけの同音の繰返しがあり、『登りたち、国見をすれば、たたなはる』。『青垣やま、やまつみの、まつるみつぎと』。『春べは、花かざしもち、秋たてば、黄葉かざせり』あたりでもさうである。そして、これは一つの波動的連続声調を成就せむがための、自然的技法で、仏教の経典などの技法と好一対なのである。即ち、斯くしなければ連続が好く出来ず、中途で弛んでしまふのである。

『斎藤茂吉全集』第十六巻 P.486

「波動的連続声調」は次のような音の現象をさす。

①「かむながら」「かむさびせすと」「芳野がは」「たぎつ河内に」に「kan」「kan」「gawa」「kawa」の近似の音の連続

②「たぎつかふちに」「高殿を高しりまして」「登りたち　国見をすれば　たたなはる」の「ta」「taka」「taka」「ta」「tata」の「ta」の連続

③「青垣やま」「やまつみ」「まつるみつぎと」に「yama」「yama」「ma」「turu」「tugi」の音の連続

④「はるべは、はなかざしもち」「あきたてば、もみぢかざせり」には、対句の関係性と「はる」「はな」「かざし」「かざせ」の音の連続

このような繰り返しについて茂吉は、「長い形式」にするために「自然に繰り返しとか対句」ができるものとし、記紀歌謡を例に繰り返しながら変化してゆく方法を分析する。ほかにも「仏教の経典などの技法と好一対」であるという。そして「これは単に短歌声調論からの推論ではなしに、記紀万葉の長歌を一通り見渡しての結論」であるといい、また『仏説阿弥陀経』の次の部分を例にあげる。（『斎藤茂吉全集』第十六巻 P.382）

成就如是　功徳荘厳
成就如是　功徳荘厳
成就如是　功徳荘厳
福徳因縁　得生彼国
応当発願　生彼国土
一切諸仏　所護念経
一切諸仏　所護念経
一切諸仏　所護念経

茂吉が引用した右のような繰り返しの他に、阿弥陀経には「青色青光　黄色黄光　赤色赤光　白色白光」の繰り返し部分がある。茂吉の第一歌集『赤光』はここからの命名であり、それは少年時代

に聞いたこの経文の同音の繰り返しに音楽性を感じて惹かれたためであるという。茂吉は、経文における同種の音楽性を人麻呂に代表される万葉集にも見出し、これを声調と見ていたのである。

(ウ) 単音あるいは二音以下の短い音の繰り返しがもたらすリズム感

つぎに巻二・一六七番歌、

天地の　初の時し　ひさかたの　天の河原に　八百万　千万神の　神集ひ　集ひ坐して　神分
り　分かりし時に　天照らす　日女尊一に云ふ、さしのぼる日女の命　天をば　知らしめすと　葦原の　瑞穂の国を
天地の　依り合ひの極　知らしめす　神の命と　天雲の　八重かき別きて一に云ふ、天雲の八重雲別きて　神下し
坐せまつりし　高照らす　日の皇子は　飛鳥の　浄の宮に　神ながら　太敷きまして　天皇の
敷きます国と　天の原　岩戸を開き　神上り　上り坐しぬ一に云ふ、神登りいましにしかば　わが大君　皇子の命の
天の下　知らしめしせば　春花の　貴からむと　望月の　満はしけむと　天の下一に云ふ、食国　四方の
人の　大船の　思ひ憑みて　天つ水　仰ぎて待つに　いかさまに　思ほしめせか　由縁もなき
真弓の岡に　宮柱　太敷きまし　御殿を　高知りまして　朝ごとに　御言問はさず　日月の
数多くなりぬる　そこ故に　皇子の宮人　行方知らずも一に云ふ、さす竹の皇子の宮人ゆくへ知らにす

『斎藤茂吉全集』第十六巻 P.567

について、茂吉はつぎのようにいう。

それから、『の』や『を』や『て』などの使ひ方が、連続的波動的進行の効果をもたらす様に使つてゐて、ぽつりぽつりと切れてゐない。

『斎藤茂吉全集』第十六巻 P.595

これは、

①「天地の　初の時し　ひさかたの　天の河原に」「葦原の　瑞穂の国を　天地の　依り合ひの極　知らしめす　神の命と　天雲の」などの「の」の繰り返し

②連続的な音の繰り返しの間に「集ひ坐して」「八重かき別きて」「太敷きまして」「思ひ憑みて」「高知りまして」などの「て」に「、」読点を打つ程の休止

③「葦原の　瑞穂の国を……」飛躍

のように、複数の助詞が連続して「連続的波動的進行の効果」を出しているというのである。

この連続的波動的進行の効果は巻二・二一〇についても言及する。巻二・二一〇番歌、

現身と　念ひし時に一に云ふ、うつそみと思ひし　取持ちて　吾が二人見し　走出の　堤に立てる　槻の木の　こ
ちごちの枝の　春の葉の茂きが如く　念へりし　妹にはあれど　憑めりし　児らにはあれど
世の中を　背きし得ねば　かぎろひの　燃ゆる荒野に　白妙の　天領巾隠り　鳥じもの　朝立
いまして　入日なす　隠りにしかば　吾妹子が　形見に置ける　みどり児の　乞ひ泣く毎に
取り与ふ　物し無ければ　男じもの　腋ばさみ持ち　吾妹子と　二人吾が宿し　枕づく　嬬屋
の内に　昼はも　うらさび暮し　夜はも　息づき明かし　嘆けども　せむすべ知らに　恋ふれ
ども　逢ふ因を無み　大鳥の　羽易の山に　わが恋ふる　妹は坐すと　人の言へば　石根さく
みて　なづみ来し　吉けくもぞなき　現身と　念ひし妹が　玉かぎる　ほのかにだにも　見え

ぬ思へば
『斎藤茂吉全集』第十六巻 P.744

この歌について茂吉は、

そして、もつと素朴に歌へば、破調にしたりしてぽつりぽつりと歌ふところを、人麿の創造した連続的波動的声調を以て歌ひあげてゐるのが、独創だからいいので、そこで自然渋味もこもり、軽薄に辷つて行かない点が必ず存じてゐるに相違ないのである。

『斎藤茂吉全集』第十六巻 P.767

と、「人麿の創造した連続的波動的声調」という。具体的に歌詞を見てゆくと、①初句「現身と」の「と」、「念ひし時」の「と」、「取持ち」の「と」の繰り返しがある。一云の場合も「と」の働きは同様である。また②「走出の　堤に立てる　槻の木の　こちごちの枝の　春の葉の茂きが如く」の「の」の連続のあと、③「念へりし　妹にはあれど」「憑めりし　児らにはあれど」の対句の「ど」が二度の小休止となっている。その後④「世の中を　背きし得ねば　かぎろひの　燃ゆる荒野に　白妙の」に「の」の連続がある。また⑤「天領巾隠り」以下は「amahirefuri」「tori」「irihi」「kakuri」と「ri」の繰り返し、それらを含む句は「の」「て」「ば」というつなぎの言葉によって巧みに運ばれる。⑥「吾妹子」の「wagi」「腋ばさみ」の「waki」、「吾が」の「wa」の近似の音の連続、⑦「形見」の「み」と「みどり児」の「み」、⑧「みどり児」の「ご」と「毎」の「ご」、⑨「物し無ければ」と「男じもの」の「もの」、⑩「枕づく」の「づ」と「嬬屋」の「つ」と、短い音の連続でつなぎ、⑪「昼はもうらさび暮し」「夜はも　息づき明かし」の対句、⑫「嘆けども　せむすべ知らに」「恋ふれども　逢ふ因を無み」の「ども」の対句的繰り返し、⑬「大鳥の　羽易の山に」の「の」繰り返し、⑭「羽易」

「haga」「わが」「waga」の「ga」の近似の音の繰り返し、⑮「妹」「imo」「坐す」「imasu」の「im」近似の音の繰り返し、⑯「坐すと」の「と」と「人」の「と」、⑰「さくみて」の「み」と「なづみ」の「み」など、つぎつぎと同音で句がつながり、⑰最後に結句「見えぬ思へば」に音と意味が集約される。茂吉はこうした繰り返しの多い表現を「破調にしたりしてぽつりぽつりと歌ふところを、人麿の創造した連続的波動的声調を以て歌ひあげてゐるのが、独創だからいい」という。

　これら万葉集巻二の一六七番歌、二一〇番歌には周知のように、茂吉がここに取り上げる技巧だけでなく、例えば冒頭と終盤の「現身と　念ひし」の繰り返しなど、多くの技巧が駆使されている。もとより茂吉はそれらを十分承知しているのであるが、これらの中から、短い音の連続が歌をリズミカルに進行させることに注意を向け「波動」ありとするのである。

（エ）対句による大きなイメージの連鎖

　つぎに巻二・一九四番歌は、泊瀬部皇女が夫君・川島皇子と死別した時、人麻呂が皇女の兄の忍坂部皇子に献じた歌である。

　飛ぶ鳥の　明日香の河の　上つ瀬に　生ふる玉藻は　下つ瀬に　流れ触らふ　玉藻なす　か依りかく依り　靡かひし　嬬の命の　たたなづく　柔肌すらを　剣刀　身に副へ寝ねば　ぬばたまの　夜床も荒るらむ（一に云ふ、かれなむ）　そこ故に　慰めかねて　けだしくも　逢ふやと念ひて（一に云ふ、君もあふやと）　玉垂の　をちの大野の　朝露に　玉裳はひづち　夕霧に　衣は沾《ぬ》れて　草枕　旅宿かもする
　逢はぬ君ゆゑ

『斎藤茂吉全集』第十六巻　P.598

茂吉の現代語訳はつぎの通りである。

〔飛鳥〕明日香川の上流の方に生えて居る玉藻は、下流の方へ流れて行つて互に触れあふことが出来るものを、〔玉藻成〕玉藻が靡きあひ寄りあふ如くに、靡き寄りあつた夫の君の、〔多田名附〕あの豊かな和膚すらをも、もはや〔劒刀〕身に副へて寝ることが叶はぬから、〔烏玉乃〕夜の床もおひおひと疎く荒れるであらう。（一云、離れ寂しくなるであらう。）それゆゑに心を慰めかねて、ひよつとせば夫の君にお逢ひすることもあるだらうと、（一云、君も逢ふだらうと、）〔玉垂乃〕越智の大野に慕ひゆき、そこの朝露に裳の裾が濡れよごれ、夕霧に衣服が濡れてまでも、〔草枕〕旅寝をして御《ママ》いでになるか。逢はれない夫君ゆゑに。

『斎藤茂吉全集』第十六巻 P.609

この歌について茂吉は、「人麿の歌調には、暈があつても、その進行の具合は憶良のものなどに較べると実に朗朗として、振幅の大きい波動をおもはしめる」という。茂吉のいう「振り幅が大きい波動」とは、明日香川の実際の観察から詠い起し、川に生える玉藻を「上つ瀬に　生ふる玉藻は」「下つ瀬に　流れ觸らふ」と対句的にあらわすところに一つ目の大きな波がある。

二つ目の大きな波は、「朝露に玉裳はひづち」「夕霧に衣は沾《ぬ》れて」の対句をさし、朝夕の時間の経過に衣服の乾かぬ様子を玉裳と衣であらわしたのち、最後に永遠に逢えない夫の側で旅寝をしている様へ至る。この歌は前後二段に分けて「飛ぶ鳥の～夜床も荒るらむ」に川の状景、「そこ故に～逢はぬ君ゆゑ」に野の状景を詠う。二カ所の対句の大きな波とその間に挟まった小さな波の動きをもって、茂吉は「振り幅が大きい波動」というのである。

小さな波とは、二カ所に配された対句の大きな波の間に、①「生ふる玉藻」「玉藻なす」の繰り返し、②官能的なものを思わせる波としての「か依りかく依り　靡かひし」「たたなづく　柔肌」は玉藻の連想を①からひきずっている。その後終盤では、③「ぬばたまの　夜床」から「玉垂の　をちの大野」「玉裳はひづち」と「玉」を響きだけを残した小さな波がある。このような細かな同音およびイメージの連想を小さな波と見る。対句を大きな波と見て、この小さな波の音に乗せてまとまりのある波となって場面が展開することを茂吉は注目し、「振り幅の大きな波動」があるというのである。

また巻一・五二の歌は所謂「藤原の御井の歌」を「人麿的なにほひの体に伝はつて来る」として取りあげる。この歌は現在、人麻呂より古い時代の作と言われているが、本稿は茂吉の思考を考察するものであるから、人麻呂作歌とする茂吉の判断によっておく(28)。

やすみしし　わご大君　高てらす　日の皇子　麁妙の　藤井が原に　大御門　始め給ひて　埴安の　堤の上に　在り立たし　見し給へば　大和の　青香具山は　日の経の　大御門に　春山と　繁みさび立てり　畝火の　この瑞山は　日の緯の　大御門に　瑞山と　山さびいます　耳成の　青菅山は　背面の　大御門に　宜しなべ　神さび立てり　名細し　吉野の山は　影面の　大御門ゆ　雲居にぞ　遠くありける　高知るや　天の御蔭　天知るや　日の御影の　水こそは　常しへならめ　御井のま清水

『斎藤茂吉全集』第十六巻 P.892

この歌に対する茂吉の現代語訳は次の通りである。

〔八隅知之〕わが大君、〔高照〕日の皇子たる天皇持統は、〔麁妙乃〕藤井が原に新に皇居を創め給うて、埴安の池の堤の上にお上りになり展望し給へば、大和の木々茂つた青い香具山は、東の方の御門に対つて春山として茂り栄えて居る。若く瑞々した畝火山は、西の方の御門に対つて若く栄ゆる山らしく御いでになる。青菅の茂つた耳成山は、北の方の御門に対つて貌好く神々しく立つて居る。また、〔名細〕吉野の山は、南方の御門から雲際遠く聳え見えて居る。〔高知也〕天を蔽ふ蔭、〔天知也〕日の光を蔽ふ蔭としての宮殿に、湧くこの水こそは、永遠に湧き栄えることであらう。あはれこの御料の井の真清水よ。

『斎藤茂吉全集』第十六巻 P.904～905

この歌について茂吉はつぎのようにいう。

そして、その幾何學的構成をあらはすに、『大和の青香具山《あをかぐやま》は日の経《たて》の大御門に春山と繁みさび立てり』と云つてゐる。単に青く茂つた香具山を云ふにこれだけの事をいつてゐる。その言語は秀潤豊腴で、単に乾燥した立体といふやうなものでは無い。『畝火のこの瑞山《みずやま》は日の緯《よこ》の大御門に瑞山《みずやま》と山さびいます』でもさうである。『耳成の青菅山《あおすがやま》は背面《そとも》の大御門に宜しなべ神さび立てり』でも、『名ぐはし吉野《よしぬ》の山は影面の大御門ゆ雲居にぞ遠くありける』でもさうである。言葉を繰返して調子をとりつつ、一つの波動形をなしてゐるところは、決して堅い直線的立体的では無い。

『斎藤茂吉全集』第十六巻 P.906

茂吉のいう「幾何学的構成」とは、藤原宮の宮城の門と聖なる山の位置関係についていうと同時に、それを写しとった長歌の構造に対してもいうものである。そして長歌は「言葉を繰返して調子をとりつつ、一つの波動形」をなすという。茂吉はこの歌にたいして、江戸後期の一八〇一年小國重年の『長歌詞珠衣』[29]に見られる分析をもとに、独自に次のような図にあらわしている。

やすみしし　わご大君　あらたへの　藤井が原に　おほみかど　はじめ給ひて
たかてらす　日の皇子　はにやすの　堤のうへに　あり立たし　見し給へば
大和の　青香具山は　日の経の　大御門に　春やまと　繁さびたてり
畝火の　この瑞山は　日の緯の　大御門に　瑞やまと　山さびいます
耳成の　青すが山は　そともの　大御門に　宜しなべ　神さびたてり
名細し　吉野の山は　影ともの　大御門ゆ　雲居にぞ　遠くありける
たかしるや　天のみ蔭
あめしるや　日のみ影
の　水こそは　とこしへならめ　御井のま清水

『斎藤茂吉全集』第十六巻 P.907

まず小國重年の分析を先に述べる。茂吉のこの図に先立つこと一三〇余年、重年はこの歌を「初句二句対、次八句、次六句長対、次同長対、次二句対、次終句三句、合四十三句の中長歌」としている。その「初句二句対」とは「やすみしし　わご大君」「高てらす　日の皇子」であり、「次八句」は「麁妙の　藤井が原に　大御門　始め給ひて」「埴安の　堤の上に　在り立たし　見し給へば」を対としたのである。「次六句長対、次同長対」とは、①「大和の　青香具山は　日の経の　大御門に　春やまと　繁さびたてり」、②「畝火の　この瑞山は　日の緯の　大御門に　瑞やまと　山さびいます」、③「耳成の　青すが山は　そともの　大御門に　宜しなべ　神さびたてり」、④「名細し

吉野の山は　影ともの　大御門ゆ　雲居にぞ　遠くありける」という四連の繰り返しをいう。「次二句対」は「高知るや　天の御蔭」「天知るや　日の御影の」の意味上の繰り返し、「終句三句」は「水こそは　常しへならめ　御井のま清水」である。つまり小國重年は、終句三句以外は全て対句の構造と見ているのである。

茂吉はこの小國重年の分析を参考に、右の図のようにさらに一歩進めて「繁さびたてり」「山さびいます」「神さびたてり」「遠くありける」に文法上の切れが繰り返されているとする。茂吉の考察によれば、この歌には休止が少ないなかで、中心の四連①「大和の　青香具山は　日の経の　大御門に　春やまと　繁さびたてり」、②「畝火の　この瑞山は　日の緯の　大御門に　瑞やまと　山さびいます」、③「耳成の　青すが山は　そともの　大御門に　宜しなべ　神さびたてり」、④「名細し　吉野の山は　影ともの　大御門ゆ　雲居にぞ　遠くありける」のそれぞれの終りに休止があるという。長大な繰り返しに休止をもって調子をとっているという。茂吉は、この歌は、全体が対句の幾何学的な構成であるが、中心の四連の繰り返しに休止を置くことで「調子をとりつつ、一つの波動形をなしてゐる」「決して堅い直線的立体的では無い」という。

茂吉は、こういった分析にもとづいて右のような図を作成したのであるが、この図を検討すると、まず高い位置に「やすみしし　わご大君」と「たかてらす　日の皇子」の対句があり、同じ高さに「たかしるや　天のみ蔭」「あめしるや　日のみ影」の対句がある。また低い位置に先に述べた①〜④の四行があり、それ自体が大きな対句の波である。その四行は、細かく見ると次のような規則的な波と変則的な波がある。

「青香具山は」「この瑞山は」「育すが山は」「吉野の山は」……連続の波
「大御門に」「大御門に」「大御門に」「大御門ゆ」……最後を外した連続の波
「大和の」「畝火の」「耳成の」「名細し」……最後を外した連続の波
「日の経の」「日の緯の」……連続の波
「そともの」「影ともの」……連続の波
「春やまと」「瑞やまと」……連続の波
「繁さびたてり」「山さびいます」「神さびたてり」……一つ飛ばしの変則的連続の波

つまり、長歌の全体が繰り返しの波型であって、その一つ一つを細かく見て行くと、規則的な波と変則的な波が織りなすように構成されている。茂吉はこのような型も「波動」と呼ぶのである。

以上、（ア）～（エ）の長歌の「波動」を見てきた。（ア）は、同音、対句、類句の繰り返しの波の間に、休止や飛躍、静止などがあることを重要な点とするほか、離れた対句に波の回折の現象を見る。（イ）は、詩句の音を繰り返しながら変化してゆく方法を「仏教の経典などの技法と好一対」であるという。（ウ）は、短い音と意の連続が歌をリズミカルに進行させることに（エ）は、長歌の全体をいくつもの大きな波で構成し、歌の世界を広げていることを波動という。

一般的に「波動」は、波紋のような小さな波の動きを連想しがちであるが、茂吉は長歌の構成の中では、特にスケールの大きな波のありかたを思い浮かべて分析していたと見てよい。この中で筆者が特に注意するのは、「回折」である。自然の波の美が、回折によって躍動性に富み雄大に感じられるように、人麻呂長歌の言葉の運びには巧みに、いくつもの波の回折を思わせる表現が施されていることを見抜いたのである。
次に、短歌の波動についてみてゆく。

4－2　短歌の「波動」

『万葉秀歌』においての短歌の「波動」は、巻一・二〇、巻二・一三二、一三三、巻三・二五四、巻十八・四一二三に、もちいられている。以下、五首の短歌を、茂吉の訓を参照しながら見てゆきたい。

巻三・二五四の歌（『斎藤茂吉全集』第二十二巻 P.167）、

ともしびの明石大門に入らむ日や榜ぎ別れなむ家のあたり見ず

は、『柿本人麿』『万葉秀歌』に見え、茂吉は前者で次のように言う。

それから一首の声調は人麿一流の波動を打たせたもので、『入らむ日や』といつて、『榜ぎ別れなむ』とつづけ、ラムとナムと二つ云つてゐるのなども人麿的な大きい調子である。
『斎藤茂吉全集』第十六巻 P.250

右で注意を要することとは、茂吉は音の連続に「入らむ」「別れなむ」の二語をあげているのであるが、一見「ム」の音に注目しているようでいて、「ラム」「ナム」とすることから、実は「a」＋「mu」の音の連続をさしていると理解すべきである。また、「入らむ日や」と「榜ぎ別れなむ」のそれぞれの後には、文章にすると「、」読点を打つほどの休止がある。ここを大きく波うつかたちをしているといい、これを「波動」というのである。

このように茂吉は「ともしびの明石大門」までは水（言葉）が普通の流れであったところ、その後波として「入らむ日や＋休止」、「榜ぎ別れなむ＋休止」という波が発生し、「家のあたり見む」で家郷との別離の情（表現）につなげている。

つぎに巻十八・四一二三の歌、これは大伴家持の作である。

この見ゆる雲ほびこりてとの曇り雨も降らぬか心足ひに

『斎藤茂吉全集』第二十二巻 P.436

この歌にたいして茂吉は、「一首は大きくゆらぐ波動的声調を持ち、また海神にも迫るほどの強さがあって、家持の人麿から学んだ結果は、期せずしてこの辺にあらわれてゐる。」としている。この歌は、「くも」と「くもり」の音の繰り返し、「雲ほびこりて」の後に「、」読点を置く程の休止があり、この音の繰り返しと休止に波打つ次のようなかたちをいう。

くも（ほびこりて）＋休止

（との）くもり＋休止

を「波動」と見、これらを「大きくゆらぐ」と評したのである。

また、茂吉がこの家持の歌を「人麿から学んだ結果」としているのは、巻十一・二五一三人麻呂歌集の歌と類句の構造になっているためと見られる。巻十一・二五一三番は人麻呂歌集の歌で、

鳴る神の少し響みてさし曇り雨も降らぬか君を留めむ

『斎藤茂吉全集』第十六巻 P.127

この歌の「少し響みて」のあとに「、」読点を打つ程の休止、「さし曇り」のあとにも同程度の休止が

あり、「少し」と「さし」には「し」の繰り返しがある。つまりここにも同音と休止の繰り返しの波がある。なお、この人麻呂歌集歌の第三句「さし曇り」と家持の歌の「との曇り」は類句、四句の「雨も降らぬか」は同一の句である。このようなところから家持が人麻呂から学んだとしているのである。

つぎに巻二・一三二番歌（『斎藤茂吉全集』第二十二巻P.127）、

石見のや高角山の木の間よりわが振る袖を妹見つらむか

この歌にたいして茂吉は、次のように言う。

角の里から山までは距離があるから、実際は妻が見なかつたかも知れないが、心の自然的なあらわれとして歌つてゐる。そして人麿一流の波動的声調でそれを統一してゐる。そしてただ威勢のよい声調などといふのでなく、妻に対する濃厚な愛情の出てゐるのを注意すべきである。

『斎藤茂吉全集』第二十二巻P.127

ここに「ただ威勢のよい声調などといふのでなく」とされているように、これは、これまで見て来た他の「波動」とは趣が異なり、遠く隔たってゆく妹への思慕である。一首は、「石見のや」で小休止、「たかつの」、「山の」「木の間」の「の」の連続がある。茂吉は「石見のや」の後ろの「、」読点をおくほどの休止を一つの波と見ている。そして、「たかつの」「やまの」「この」をちいさな三つ波と見ている。この小さな波の連続は長歌の分析の（ウ）単音あるいは二音以下の短い音の繰り返しの効果と同じである。

また巻一・一三三番歌（『斎藤茂吉全集』第二十二巻 P.128）、

　小竹の葉はみ山もさやに乱れども吾は妹おもふ別れ来ぬれば

この歌にたいしては、茂吉はつぎのようにいう。

　これは寧ろ、『ササの葉はミヤマもサヤにミダレども』のやうにサ音とミ音と両方で調子を取つてゐるのだと解釈する方が精しいのである。サヤゲドモではサの音が多過ぎて軽くなり過ぎる。

『斎藤茂吉全集』第二十二巻 P.129

茂吉が問題にしている「ミダレ」「サヤゲ」の訓については、原文「小竹之葉者　三山毛清尓　乱友　吾者妹思　別来礼婆」の第三句「乱」の訓に諸説あり、それは大きくわけて次の四説である。

①「みだるとも」元暦校本、金沢本、広瀬本、類聚古集、紀州本、陽明本、全注

②「みだれども」神宮文庫本、西本願寺本、仙覚抄、拾穂抄、代匠記、講義、私注、万葉秀歌

③「さわげども」万葉考、註疏、略解

④「さやげども」檜嬬手、美夫君志、新考、全釈、全註釈、注釈、旧全集、集成、新編全集、新大系、釈注

茂吉は、このうちの②の説をとり、連続声調を「ささは」「さや」の「さ」の連続音、「みやま」「さやに」の「や」の連続音、「みやまも」と「みだれども」の「み」＋「も」の連続、「みだれども」の後ろ

にある「、」読点を打つほどの小休止の組み合わせをいうのである。

ささのはは、みやまもさやに、みだれども、

これが、先の一三三番歌とあわせて「人麿一流の波動的声調でそれを統一」しているということである。

さらに、巻一・二〇番の額田王の歌（『斎藤茂吉全集』第二十二巻P.68）、

あかねさす紫野行き標野行き野守は見ずや君が袖振る

この一首は、赤彦も「波動」とする。茂吉はこれを「一首は平板に直線的でなく、立体的波動的であるがために、重厚な奥深い響を持つやうになつた」と評している。「平板に直線的でなく」は、繰り返しや句切れのない表現をいう。それに反してこの歌は、「立体的波動的」という。「紫野行き標野行き」という対句の繰り返しと「標野行き」のうしろに「、」読点を打つほどの休止、また「紫野」「標野」「野守」と「の」も続いている。こうした同音と休止の組み合わせを茂吉は、「立体的波動的」であるという。即ち、「あかねさす」とその後の「紫野行き」「標野行き」の大きな波のあと、「野守」に小さな波が残ると茂吉は見るのである。このようにして見ると、茂吉のいう短歌の「波動」は歌句の意味が上から下へと流れ、その間に短い音の繰り返しと休止の連続があることと解されている。

本節において述べてきた茂吉の「波動」についてまとめると、波動の性質のうち、波長が長いほど回折が顕著で、波長の短い波は回折がなく直進する性質がつよいのである。長歌は休止、飛躍、

静止、省略などによって、音の繰り返しや意味が複雑に入り組み、はるか後方の結句に集約される。これが回折であり、短歌には顕著な回折がなく、直進的である。茂吉は波動における波長の長短の性質を、長歌と短歌に重ね見ている。また本章の冒頭で引用したように、茂吉は、「長歌の形式は連続形式だから、相当に長くとも、内容が比較的少いものである」（『斎藤茂吉全集』第十五巻 P.190）と言っている。これはたとえば、巻二・一三一番歌の全三十九句のうち、意味は最後の「妹が門見む　靡けこの山」にあり、この二句をいうために、他の三十七句を詠うのである。つまり、長歌の連続声調とは、たったひと言をつたえるために形成される長大な序の言葉の運びかたをさしていると解していたのである。そしてその性質は、短歌にもあてはまる。茂吉のいう「波動」は、人麻呂に代表される和歌の特徴であり、様式なのである。

次に、茂吉の実作に、この「波動」の声調を考えてみたい。

5　茂吉の実作に見る「波動」

茂吉は、早く万葉集のなかに「波動」の特徴を見出し、実作に転化していたと見られる。改選版『赤光』の冒頭に置かれた一九〇五（明治三十八）年二十三歳の作から、それはすでにはじまっている。

霜ふりて一もと立てる柹の木の柹はあはれに黒ずみにけり

この歌の「かきのきの、かきは」という音の連続と「、」読点を打つほどの休止、「あはれに｜黒ずみに」という「に」の同音と「、」読点の休止の組み合わせに波打つような感覚がある。また、同年の作、

熱いでて一夜寝しかばこの朝け梅のつぼみをつばらかに見つ

には、「つぼみを、つばらかに、見つ」と「つぼ」「つば」の近似の音の連続と「、」読点を打つ程の休止のあとにまた「つ」の同音がつづき、波打つような感覚がある。茂吉は、実作の初めからこのような波打つような「波動」を意識していたことがわかる。そしてその後、多彩な「波動」の声調を表現してゆく。

　我が母よ死にたまひゆく我が母よ我を生まし乳足らひし母よ

これは有名な「死にたまふ母」のなかにある一首である。初句と第三句に「我が母よ」を繰り返し、結句にまた「母よ」を繰り返す。一首全体が繰り返しの波で構成された歌である。「死にたまふ」という敬語に対して、「生ましし」ではなく「生まし」として「乳足らひし」に掛けている。塚本邦雄は、「初句切、三句切、末句は三句とも同じ感嘆詞、この切目切目はまさに嗚咽の嚼り上げる息づかひそのままだ」と評している。また同じ一連にある、

　いのちある人あつまりて我が母のいのち死にゆくを見たり死にゆくを

も繰り返しの波で構成された歌である。初句の「いのちある人」は、臨終にあつまった身内のことであろう。初句と第四句に「いのち」を繰り返したのち、「死にゆくを見たり死にゆくを」と二種類の波の繰り返しがある。これらは連作のなかにあって、ひときわ音楽的な短歌である。

また、一九五一（昭和二十六）年、茂吉最晩年の作、

　月かげがまどかに照りてかがやくを窓ごしにして見らく楽しく

これも波動の歌である。この歌の結句の「見らく楽しく」は、万葉集巻三・二五四番歌「ともしびの明石大門に入らむ日や榜ぎ別れなむ家のあたり見ず」の「入らむ」「榜ぎ別れなむ」の繰り返しや、巻一・二〇番歌「あかねさす紫野行き標野行き野守は見ずや君が袖振る」の「紫野行き標野行き」に

似た繰り返しである。

このほか、茂吉の弟子・佐藤佐太郎は、茂吉の、

冬霧のたちのまにまに石だたみの歩道は濡れて長し夜ごろは　『白桃』(30)

という歌について、

「たちのまにまに石だたみの歩道は濡れて」あたりの、息が長く波動的な歌調が何ともいえずいい。　佐藤佐太郎著『茂吉秀歌』(31) P.40

と言っている。この歌は、佐藤佐太郎のたちあげた結社「歩道短歌会」の名称に由来するものと思われる。「冬霧のたちのまにまに石だたみの」に「の」の繰り返し、他にも「まにまに」「石だたみ」と繰り返しの音が多い。佐太郎は、茂吉の歌の同音の繰り返しが息長くつづけられたありかたを「波動」と呼んでいる。「波動」は、茂吉が理想とした万葉歌の様式のひとつであり、佐太郎にとっては師の歌そのものであった。

おわりに

斎藤茂吉のいう声調の「波動」とは、音の連続や対句により生じる繰り返しの旋律である。「波動」は人麻呂に代表される長歌の様式のほか、短歌にもある連続声調をさすものである。それは、単に繰り返しをいうだけではなく、人麻呂長歌に見られる離れた対句や類句のあり方に、近代物理

学の「波動」の現象の一つ、水の波の様々な動きを見ているのである。このような「波動」こそ、和歌の声調の基本であり、和歌の美を特徴づける西洋詩や近代詩との大きな違いであると茂吉は捉えたのである。茂吉の実作をみると、その出発から「波動」を意識しており、彼の実作の最も重大な根幹をなす声調であったと考えられる。

注

（1）平安末期の漢詩集「本朝無題詩」のなかにも「波動」が見える。この「波動」は、呉江の波の動きである。

初冬即事　　法性寺入道殿下
素影蒼蒼望尚清。宴遊自本興旁生。
呉江波動暮風冷。漢苑枝踈暁月明。
老菊花衰憐夜処。衰楊枝老問冬程。
一吟一詠詩哥客。秋気早臻動感情。

（2）川本幸民譯『氣海觀瀾廣義』三都書林　一八七五年　国立国会図書館デジタルコレクション
（3）片山淳吉著『物理階梯』文部省編纂　一八七四年　国立国会図書館デジタルコレクション
（4）内田成道訳『小学物理書』文部省　一八七四年　国立国会図書館デジタルコレクション
（5）フリードリッヒ・シュドレル原著、中川重麗訳『萬有七科理学』京都府師範学校　一八七七年　国立国会図書館デジタルコレクション
○巻之六

波動論

二波成平　反射　屈折

固立顫動　波及顫動　結節線

氣波

（6）カッケンボス・ガノー原著　宇田川準一訳『改正物理全志』煙雨楼刊　一八七九年　国立国会図書館デジタルコレクション

巻之七「光学」の項には、「光の性質及ビ其根元」として、「波動」はなく、「波及」という言葉がつぎのように見える。

「先ノ性質ヲ論説スルニ熱ト同ク二説アリ曰ク発射説曰ク波及説是ナリ（中略）波及説ニ従テ之ヲ論センニ光ハ発光体ノ振動ニ起因スル者ニシテ「イーセル」前出ノ之ヲ眼ニ伝ヘテ視覚ヲ起サシムルヤ猶空気ノ音声ヲ耳ニ送テ聴感ヲ生セシムルガ如シ」

※この「波動」の項目のなかに「反射」「屈折」があるため、光の波動であると見られる。

（7）飯盛挺造訳『物理学』島村利助・丸屋善七　一八七九年　国立国会図書館デジタルコレクション

目次

波動総論

「凡ソ波動状ノ運動ヲ区別シテ二ト為ス曰ク一処ニ定住スル所ノ波動曰ク進行スル所ノ波動是ナリ」

※以下〔水ノ波動〕〔縄索ノ波動〕〔音響ノ波動〕〔音ノ振動数並ニ波動ノ長径ヲ知ルノ法〕〔一処ニ定住スル所ノ大気ノ波動〕の項目がある。しかし、光の波動はない。光の項目を見ると、〔光ノ本性〕では「流出説」（ニユウトン氏）と「振動説」（フイゲンス氏）があるとされている。

（8）小宮山弘道訳『近世二大発明伝話機蘇言機』弘文社　一八八〇年　国立国会図書館デジタルコレク

ション
電話機、蘇言機（蓄音機）の音の波動として、
「果シテレイス氏ナルコト論ヲ竢《ま》タズ而シテ実ニ氏ハ声音ノ波動ヲシテ電気ノ波動ニ変ゼシメ以テ
逓伝ノ作用ヲナサシメタリ」

（9）パルフォール・ステウアート原著 川本清一訳『士都華氏物理學』東京大学理学部　一八八一年　国立国会図書館デジタルコレクション

第十六課　明勢力ノ種類

第百二十六条　振子ノ勢力

振動スル体ニ在リテハ動ノ幾分空気ニ駕シ最初之ヲシテ耳底ニ触ルヘキ波動ヲ起サシム之ヲ音

第十七課　波動

第百三十条

並ニ先擺動ノ理ヲ詳説セントスルノ意ハ蓋之ヲ以テ声音ノ理ヲ解スルノ階梯ト為スニアリ
※この書ではほかにも「第百六十条　振動ノ伝通」の項などに「波動」が見えるが、光については「波動」が使われていない。

（10）菊池熊太郎著『普通物理学』金港堂　一八九二年　国立国会図書館デジタルコレクション

「第六章　波動説ノ真相――光の分極」として、波動説と発射説を紹介している。

「波動説ノ価値。古来光ノ本性ニ関シテハ二種ノ説アリ、其ノ一ハ発射説ニシテ、他ノ一ハ波動説ナリ、発射説ニ由レバ光ヲ一種ノ物質ト見做シ、此ノ物質光体ヨリ発射スルモノトナス、然レドモ今日ノ理学者ハ皆波動説ヲ採用スルニ至レリ是レ波動説ハ最善ク光ノ現象ヲ解明スルニ足ルヲ以テ

ナリ」
※この著者・菊池熊太郎はほかに、『物理学』（金港堂　一八九三年）、『物理学教科書』（金港堂　一八九七年）にもまったく同じことをしるしている。

（11）アルフレッド・ダニエル原著　木村駿吉訳『物理学原論』内田老鶴圃　一八九三年　国立国会図書館デジタルコレクション
※目次をみるとエーテルの波動がみえる（その巻欠けており確認できず）

（12）水島久太郎編『近世物理学』下巻　雄山閣・春陽堂　一八九四年　国立国会図書館デジタルコレクション

　第五編「第一章　光」には「放射説及び波動説」

「波動説に於ては物体間と空間とを問はず凡て宇宙はエーテルと名つくる物を以て充たされ発光体分子の運動此エーテルに伝はり之に波動を起さしめ以て視官を刺激するなり」

　第五編「第九章　波動説」

「三九一　光と音響との比較　光はエーテルの波動によることは既に之を記せり、今之を音響に比較せん、音響も波動なれども其波動は空気分子等の波動なり、音響波動の媒介物（空気等）の現存は吾人実際之を知ると雖も光線波動の媒介物（エーテル）の現存は吾人未た之を確知せず」

（13）佐藤為次郎編『医学生受験用　物理書』吐鳳堂　一八九七年　国立国会図書館デジタルコレクション

　第五　波動

〔一〕　水ノ波動ヲ伝達スル原因及波動ノ定則ヲ記セヨ

「波動ノ定義　物体分子外力ノタメニ一往一来ノ運動ヲ起シ漸々相順列スル所ノ諸分子ニ伝達スルトキハ之ヲ波動ト云フ

(14) 波動現象ノ原因　水中ニ於ケル波動ハ物体ノ落下ニ由テ起ルモノニシテ」
世界大百科事典第二版
ホイヘンスの原理【ホイヘンスの原理 Huygens' principle】
「波が広がっていくとき、波の谷または山のように位相の同じ点を連ねた面を波面という。波面が平面のときこれを平面波といい、波面が球面のときこれを球面波という。波面と波の進行方向は互いに垂直である。波面の伝わり方を説明するには、ある時刻における波面上の各点が波源になって新しい球面波を送り出すと考えればよい。この新しい球面波を二次波といい、次の波はこれら二次波の包絡面によって与えられる。これをホイヘンスの原理という」

(15) 矢田部良吉著『新体詩抄』序文　丸屋善七　一八八二年　国立国会図書館デジタルコレクション

(16) 北村門太郎（透谷）訳『エマルソン』民友社　十二文豪シリーズ第六巻　一八九四年

(17) 『The Over Soul』一八四一年　※原文のなかの自然科学につながるとみられる用語
the waves and surges of an ocean of light,　（波動）
the universe is represented in an atom, in a moment of time　（原子）
We live in succession, in division, in parts, in particles.　（粒子）

(18) 久米邦武著『特命全権大使米欧回覧實記』博聞堂　一八七九年　国立国会図書館デジタルコレクション

(19) 森鷗外著「キタ・セクスアリス」『昴』一九〇九年七月
「そのうへ、丁度空気の受けた波動が、空間の隔たるに従つて微かになるやうに、此心理上の変動も、時間の立つに従つて薄らいだ」

(20) 夏目漱石著「吾輩は猫である」『ホトトギス』一九〇五年

「吾輩が此際武右衛門君と、主人と、細君及雪江嬢を面白がるのは、単に外部の事件が鉢合せをして、其鉢合せが波動を乙な所に伝へるからではない」

(21) 夏目漱石著「幻影の盾」『ホトトギス』一九〇五年四月

「見る間に次へ次へと波動が伝はる様にもある。動く度に舌の摩《す》れ合ふ音でもあらう微かな声が出る」

(22) 森鷗外著「仮名遣意見」『臨時仮名遣調査委員会議事速記録』一九〇九年一月

「又近世復古運動が起りましても、此波動は余り広くは世間に及んで居ないに違ひない」

(23) 森鷗外著「カズイスチカ」『三田文学』一九一一年二月

「ええ。波動はありません。既往症を聞いて見ても、肝臓に何か来さうな、取り留めた事実もないのです。酒はどうかと云ふと、厭ではないと云ひます。はてなと思つて好く聞いて見ると、飲んでも二三杯だと云ふのですから、まさか肝臓に変化を来す程のこともないだらうと思ひます。栄養は中等です。悪性腫瘍らしい処は少しもありません」

※なお、一九四九年(昭和二十四)出版の斎藤茂吉の歌集『小園』につぎのような「波動」の語を用いた歌がある。

　午後四時十五分より鳴きそむる朝蟬のこえゑ波動のごとし　『小園』

先ず、冒頭に「午後四時十五分より」と、ニュース報道のように正確に時間をいうことで、ひとつの事件が起ったことを表す。その事件とは、朝に鳴く種類の蟬が夕方に鳴いたことである。それも一匹二匹ではない。茂吉は、大群の蟬の声を「波動」のごとしという。この「波動」は、物理の音の波動である。このほか、『遠遊』『ともしび』『霜』『暁紅』『白き山』にも「波動」の語を用いた歌がある。

（24）今井邦子著『万葉集講座』第一巻（作者研究編）「額田女王研究」春陽堂　一九三三年
「此歌の如き内容の場合大抵の人は初句より絶叫的語調を以て起しき来るが普通であるのに第一句に枕詞をおき、第三句に枕詞をおき第一句より第四句までに二句の枕詞を使用したる為に、初め四句は如何にも悠揚たる語調になつて奔らんとする思ひを差控へて静かにしてゐる趣がある。と、その調子の内容に触れて言はれた言葉のなかに、歌人は深く学ぶ処があると思ふ。しかも三の句で「三輪山の」と急呼せず「三輪の山」との一言を挿入した為に語調を荘重にしそれが五句以下の激情を切つて落した滝の様な烈しい波動をいたづらに騒がしくせずに一層力強いものに響かせてくるといふ様な点に左千夫は深く留意してゐるのにも教へられる」

（25）島木赤彦著『万葉集の鑑賞及び其批評』（アララギ叢書第21編）岩波書店　一九二一年　講談社学術文庫　一九七八年

（26）島木赤彦著『歌道小見』（アララギ叢書第16編）岩波書店　一九二四年

（27）『万葉集の鑑賞及び其批評』27「三輪山を然も隠すか雲だにも情あらなむ隠さふべしや」の調子について言った語。

（28）茂吉は、この歌を「幾何学的」とつぎのようにいう。
「昭和十年十月、鴨公小学校の境内に発掘せられた、藤原宮殿の北門阯に立つて直線を北方へ引けば、耳成山腹の中央点に到達するやうになつて居ることを、私自身目測して、この長歌の写生に驚歎したのであつた。それ程藤原宮殿の構成が幾何学的なのである。」この「幾何学」の意味は、宮城自体が幾何学的な構成で、それを写生するゆえに幾何学的構成になったと考えている。従来、藤原宮御井の歌の「日経乃大御門」「日韓能大御門」には諸説があり、東西の意などとされていたが、吉野政治著「黄葉片々　藤原宮御井歌の『日経大御門』と『日韓大御門』について」（『万葉』二〇一二年十一月）によれば、隋唐の京城の「東太陽門」「西太陽門」という名称を踏まえつつ、その二つの門を太陽が左旋し、あるいは右旋して「天子之宮庭、五帝之坐。十二諸侯之府」すなわち藤原宮へ入る門とイメージしたものではないかという。

（29）小國重年著『長歌詞珠衣』正宗敦夫校訂　歌文珍書保存会　一九二〇年　国立国会図書館デジタルコレクション

（30）斎藤茂吉歌集『白桃』岩波書店　一九四二年

（31）佐藤佐太郎著『茂吉秀歌』岩波書店　一九七八年

第Ⅵ章

声調の「圧搾」と「顫動」とは何か

最上川逆白波のたつまでにふぶくゆふべとなりにけるかも

はじめに

本章で取り上げる「圧搾」「顫動」という声調は、茂吉がめざした和歌改革に必ずしも力を発揮したとはいえない。とはいいながら、この二つの声調もいわば負の部分として、何を言わんとしているのか、それが何故に力を発揮しなかったのかを確認しておく必要があろう。そこでまず「圧搾」から考察する。

「圧搾」とは

1　漢語「圧搾」から物理学用語「圧搾」へ

「圧搾」が物理学用語になるまでの過程として漢語「圧搾」の歴史をみてゆきたい（以下古典籍の本文の用字に従い表記する。「壓」は「圧」の旧字である）。古代中国の文献には「圧搾」の明確な用例は多くないようだ。古くは仏経経典『正法念處經』に、「往生於大怖黒闇之処。既生之後。上下二山一時倶合。壓笮其身。受大苦惱」とあり、「往生において闇黒の処を大いに怖れる。既に生の後、上下二山一時倶に合す。その身圧搾す、大いなる苦悩を受く」と訓読する。この意は、生前の行いによっては、死後に大いなる暗闇が待ち受け、二つの山の間に挟まれ押しつぶされるような苦悩をうける、というのであり、ここの「圧搾」は押しつぶす意である。

『廣韻』(1)をみると、「壓鎮也降也窄也壞也」とあって「壓（圧）」の字は「窄」と同じという。「壓」と「厭」は字形の類似から、しばしば混同されることがある。『説文解字』(2)には「厭窄也」「窄迫也古今笮窄字也」とあって「笮」は「窄」と同じ字という（「窄」は今日の「搾」である）。つまり、「壓」も「笮」も「窄」も「厭」も同じ意を表すことがあるという。「壓笮」は、『一切経音義』(3)（慧琳撰）の「壓油」の項に、「壓油鴉甲反廣雅壓鎮也杜注左傳壓笮也説文壞也從土厭聲」と、注の文中に「壓笮」がある。この注によれば「壓」は、廣雅に鎮也、説文解字に壞也とするところから、押え壊して油をとり出す意のことである。また「杜注左伝云」は、春秋左氏伝の成公の十六年の条に「甲午、晦、楚晨壓晋軍而陳」（甲午《きのえうま》、晦、楚が晨《あさ》、晋の軍を壓して陳す）とあり、この部分の杜預の注に「壓笮其未備」（圧搾はその未備）とあって「壓」を鎮圧の意としている。また、『老子』に「夫唯不厭、是以不厭」があり、『老子校釋』(4)によれば厭と壓は同義にとらえられ、民衆の生活を押しつぶす所謂圧政を圧搾としている。

また『齊民要術』の作酢法をみると、「至十月中、如壓酒法、毛袋壓出、則貯之、其糟、別甕水澄、壓取先食也」という一文がある。これをその解説書『齊民要術校釋』(5)に見ると、「毛袋壓出」は「指黒羊毛織成的用以壓榨黄酒的酒袋」、黒い羊毛織りの酒袋で黄酒を圧搾するとある。この「壓出」はエキスを抽出することである。これは先の一切経音義の圧搾に同じである。このように古代中国では、「壓」の一字で圧搾の意をあらわし、エキスをしぼりだす意や鎮圧、圧政などの意味で用いられることがあった。

我が国で熟語「圧搾」が一般化するのは明治以降である。その前段階として、蘭学の物理関係の書、『窮理通』(6)（一八三六）に、「但水不因壓笮成小耳（但だ水は圧搾に因りて小を成さざるのみ）」という例が見える。これは、圧搾によって水の体積が変化しない性質についていうものである。また『西国立志編』[7]には、「香草の如く、圧搾せらるるときに、必ず絶好の芬芳を発すべし」と、香草が押しつぶされたときに良い香りを発する、とある。この「圧搾」もまた科学的な用例である。これらは先の「圧搾」の意味とおなじである。以降、「圧搾」は新しい時代の知識である科学の分野の用語として定着してゆく。

明治以降の文学作品中にも「圧搾」は以下に見るように物理学的に使われている。文学作品中につかわれた圧搾の早い例に、徳冨蘆花の随筆『自然と人生』[8]があり、「駸々《どんどん》上げて来る潮水は満々たる川水に支へられ川の石垣の間に圧搾せられて互に衝き合ひ、押し合ひ、もつれ合ひ……」という。これは、相模湾に注ぐ田越川に三日雨が降り続いたあとの大水の描写で、石と石の間に水が押し寄せて石に圧力が掛かっている現象を「圧搾」と物理学の知識をもって表現したとみてよい。つぎに正岡子規の『墓』[9]には、「みイちゃんは婚礼したかどうか知らッ。市区改正はどれだけ捗取つたか、市街鉄道は架空蓄電式になつたか、それとも空気圧搾式になつたか知らッ」と、蒸気機関車の動力を空気圧搾式といっており、物理学用語そのものである。また石川啄木の『火星の芝居』[10]では、「先ず青空を十里四方位の大さに截つて、それを圧搾して石にするんだ」という。啄木の空を截って圧搾し、石にするという発想そのものは詩的空想的であるが、「圧搾する」ということは、疎を密にすることで、明治の窮理の流行と照らし合わせてこの「圧搾」も物理学用語そのものとみて良い。

2 斎藤茂吉著『柿本人麿評釈』の「圧搾」「省略」「融合」の混在

本節は、茂吉の「圧搾」の用例を詳しく検討することにより、声調「圧搾」を明らめようとするのであるが、それに先立ち注意すべきことは、言葉や文章の「省略」はもともと表現技巧の問題であり、その技巧によって生じる表現効果が「圧搾」であるはずだが、茂吉は初期にはどうやらこの二つの関係を明確にしていなかったようである。ために表現効果を論じる際、以下の本文中に述べる「融合」なる概念を持ち出している。これに留意しながら、以下に「圧搾」の用例九例六首（巻一・四五番歌、巻三・二六六番歌、巻二・一九六番歌、巻二・二一七番歌、巻二・一六七番歌、巻二・一九九番歌）を順に見てゆく。

2－1　巻三・二六六番歌と巻一・四五番歌など

まず『柿本人麿』（評釈篇巻之上「人麿短歌評釈」）において、万葉集巻三・二六六番歌を取り上げる（『斎藤茂吉全集』第十六巻 P.291～301）。そして、

淡海の海夕浪千鳥汝が鳴けば心もしぬにいにしへ思ほゆ

この意を「一首の意は、淡海の海に、その海の夕ぐれの浪に、千鳥が群れ啼いてゐる。千鳥らよ、汝等が斯く鳴くを聞けば、真から心が萎れて、昔の栄華の様が思はれてならない」とする。そして語釈の項で（『斎藤茂吉全集』第十六巻 P.292）、

◯夕浪千鳥　ユフナミチドリと訓む。夕の浪に群れ鳴いてゐる千鳥のことを省略して複合名詞としたもので、人麿の造語である。

と、「夕波千鳥」は夕の波に鳴いている千鳥を縮めたもので「省略」して造語した複合語としている。ところがこの語釈の項で、一旦「省略」としたものを鑑賞の項では、

そして、第二句で、『夕浪千鳥』といふ非常に単純化し圧搾した、名詞ばかりの造語を持つて来てゐる。そしてやはり第二句で瞬時息を切るのである。これは名詞で助詞が一つも無いからである。

『斎藤茂吉全集』第十六巻 P.296

と「圧搾」と言い換える。さらに数行後に、

『夕浪千鳥』といふごとき圧搾した複合名詞は、独逸語などならば極めて容易であるが日本語ではさう容易ではない。それにも係らず人麿はかういふ造語をしてゐるのである。

『斎藤茂吉全集』第十六巻 P.298

とはっきり「圧搾した複合名詞」だという。茂吉は最初「夕波千鳥」を「夕波の上を鳴きながら飛ぶ千鳥」と解して「省略」とし複合名詞といい、後には何の説明も無く「圧搾」したという。確かに表現効果としては「夕波千鳥」は、表面にあらわれない失われた時間への思い（千鳥が妻を恋したい鳴くようすに、かつての栄華を極めた近江京の暮らしの時間への愛惜）を喚起するものであるから、意は濃密になっており、「圧搾」の方がふさわしいのではあるが、説明がない点、この時点における「圧搾」の概念が未成熟であることを示していよう。

なお、このような複合名詞のもつ表現効果の例を茂吉は「人麿短歌評釈」（『斎藤茂吉全集』第十六巻 P.298）に例をあげていう。

①青垣山、②青香具山、③豊旗雲、④岩垣紅葉、⑤根白高萱、⑥足柄小舟　⑦棚無小舟、⑧真熊野小舟、⑨藻臥束鮒

これらの複合名詞を、茂吉は省略によって成立した独特の表現効果を持つ詩の語と見るのである。以下、煩瑣を怖れつつ表現効果を述べる。

①「青垣山」は、『斎藤茂吉全集』第十六巻四七五頁に「青い垣のやうに囲める山といふ意」といい、四七六頁に「活きのある造語で、青香具山などと共に不滅のものと謂っていいであらう」としている。これは巻一・三八番歌、

やすみしし　我が大君　神ながら　神さびせすと　芳野川　たぎつ河内に　高殿を　高知りまして
登り立ち　国見をすれば　畳はる　青垣山　山祇の　奉る御調と　春べは　花かざし持ち　秋
立てば　黄葉かざせり……（以下略）

『斎藤茂吉全集』第十六巻 P.471

の「青垣山」について言ったものである。このような「青垣山」の最も代表的なイメージは、人口に膾炙する古事記の倭建命の次の一首であろう。

倭は国のまほろばたたなづく青垣山隠れる倭しうるはし

これは、まさに命の絶えんとする倭建命が最期に思い浮かべる、もっとも美しい大和のイメージである。「青垣山」という語には、緑豊かな山々の風景に包まれた土地のもつ幸福と平穏さが濃縮されている。

②「青香具山」は、茂吉が「青垣山」とともに不滅という。巻一・五二番歌、

やすみしし　我ご大君　高照らす　日の皇子　荒栲の　藤井が原に　大御門　始めたまひて
埴安の　堤の上に　あり立たし　見したまへば　大和の　青香具山は　日の経の　大御門に

春山と　茂みさび立てり　畝傍の　この瑞山は　日の緯の　大御門に　瑞山と　山さびいます
耳成の　青菅山は　背面の　大御門に　よろしなへ　神さび立てり　名ぐはし　吉野の山は
かげともの　大御門ゆ　雲居にぞ　遠くありける　高知るや　天の御蔭　天知るや　日の御蔭の
水こそば　とこしへにあらめ　御井のま清水
『斎藤茂吉全集』第十六巻 P.892

に歌われる「香具山」で、いわずと知れた大和三山のひとつである。茂吉は「『青』の字を冠したのは、青々と樹木の茂つてゐるのをあらはしてゐるのである」(『斎藤茂吉全集』第十六巻 P.896)という。この語も先の「青垣山」と同じく、緑に包まれた幸福や平穏さを含み持つのである。

③「豊旗雲」は万葉集巻一・十五番歌の言葉である。

海神の豊旗雲に入日さし今夜の月夜さやけくありこそ
『斎藤茂吉全集』第二十二巻 P.61

茂吉は一首を「今、浜べに立つて見わたすに、海上に大きい旗のやうな雲があつて、それに赤く夕日の光が差してゐる。この様子では、多分今夜の月は明月だらう」(『万葉秀歌』)といい、「豊旗雲」は、「荘麗ともいふべき大きい自然と、それに参入した作者の気魄と相融合して」いるという。つまり、たな引く壮麗な旗のような雲に、作者の気魄が溶け込み濃縮されていると見ているのである。

④「岩垣紅葉」は古今集二八三番歌の言葉であるが、茂吉は「人麿短歌評釈」巻三・二六六番歌の鑑賞の項(『斎藤茂吉全集』第十六巻 P.298)で、万葉集の複合語の例とともにこれもあげている。

奥山の岩垣もみぢ散りぬべし照る日のひかり見る時なくて
新編全集『古今集』P.127

意味は、新編全集の頭注によれば「垣根のように巡らされた岩の間のもみじ」という。この語には、美しく色付いていながら、誰にもしられることのない寂しさが濃縮されている。

⑤「根白高萱」は万葉集巻十四・三四九七番歌、

川上の　根白高萱　あやにあやに　さ寝さ寝てこそ　言に出にしか　新編全集『万葉集3』P.499

一首の意は、「川のほとりの、根の白い高いかや、そのねの如く、感極まつて、寝また寝たからこそ、世の噂にものぼつたのである」（私注）といい、根白に女の肌の白さを暗示している（新編全集）という。つまり「根白高萱」は、根の白い丈の高い萱にセクシャルな女性のイメージをかさねた語句である。

⑥「足柄小舟」は万葉集巻十四・三三六七番歌、

百づ島　足柄小舟　あるき多み　目こそ離るらめ　心は思へど　新編全集『万葉集3』P.464

この歌は女性から男性へあてたもので、「多くの島々を足柄小舟が漕ぎ廻るように、あれこれ歩き寄る所が多いので、あなたは心には思っていても、会う機会が少ないのでしょうね」（大系）という意である。古代に名高い足柄の舟は足が軽く、それに掛けてあちこちの女へ渡り歩く浮気な男性のイメージを持たせている。

⑦「棚無小舟」は万葉集巻一・五八番歌、

いづくにか船泊てすらむ安礼の崎漕ぎ廻み行きし棚無し小舟　『斎藤茂吉全集』第二十二巻P.95

この歌の『万葉秀歌』の現代語訳によれば、「今、三河の安礼の埼のところを漕ぎめぐって行った、あの舟棚の無い小さい舟は、いったい何処に泊るのか知らん」といい、「棚無小舟」は「舟棚の無い小さい舟」という。また、新編全集の頭注によれば「タナは船の舷側の横板。北陸や山陰の海岸、あるいは田沢湖（秋田県）や諏訪湖（長野県）などの湖沼に最近まで見られた刳舟の類をいうか」という。いずれにしても棚の無い船は安定感に乏しい。さらに小舟である。「棚無小舟」という語には、羇旅のしおれ、不安なあやうい心情が凝縮されている。

⑧「真熊野小舟」は万葉集巻六・一〇三三番歌に見える。

御食つ国　志摩の海人ならし　ま熊野の　小舟に乗りて　沖へ漕ぐ見ゆ

新編全集『万葉集2』P.162

一首の意は、「み食つ国志摩の海人たちであらう。ま熊野のを船に乗つて、沖の方へこぐのが見える」（私注）というものである。さらに巻六・九四四番歌に「真熊野の船」があり、これらは熊野産の特徴ある船であった。「真熊野船」に「小」の字を入れた「真熊野小舟」もまた、先に見た「棚無小舟」と類似の羇旅の心が凝縮された響きである。

⑨「藻臥束鮒」は万葉集巻四・六二五番歌、

沖辺行き　辺を行き今や　妹がため　我が漁れる　藻伏し束鮒

新編全集『万葉集1』P.326

この歌の題は「高安王が包める鮒を娘子に贈る一首」であり、歌意は新編全集に「沖辺に行ったり岸辺に寄ったりしてやっと今　あなたのために　わたしがつかまえて来た藻伏し束鮒です」といい、頭注に「藻伏し束鮒」を「苞の中に藻と共に詰めて生きたまま届けられた小鮒をいうか」とあるように、「藻臥束鮒」には手間と配慮を尽くした贈り物をする高安王の真摯な愛情がこの一語に凝縮されている。またこれら①〜⑨と同じ全集十六巻の二九八頁では取り上げていないが、巻一・四五番歌の「旗薄」がある。つぎに見てゆきたい。

⑩茂吉は、万葉集巻一・四五番歌（『斎藤茂吉全集』第十六巻 P.497〜510）にも声調の「圧搾」を指摘する。巻一・四五番歌の茂吉の訓は次の通りである。

やすみしし　吾大王　高照らす　日の皇子　神ながら　神さびせすと　太敷かす　京を置きて
隠口の　泊瀬の山は　真木立つ　荒山道を　石が根の　楉技　おしなべ　坂鳥の　朝越えまして
玉かぎる　夕さりくれば　み雪降る　阿騎の大野に　旗薄　篠をおし靡べ　草枕　旅宿りせす
古思ひて

『斎藤茂吉全集』第十六巻 P.497

この歌の大意をつぎのように示す。

〔大意〕〔八隅知之〕わが軽の皇子、〔高照〕天津日嗣の御子が、神さながらの、神の御行動を為たまふと、立派な宮殿のある飛鳥の浄御原の都を御出発になり、〔隠口乃〕泊瀬の山は、槙・檜のやうな太木が繁茂し、人も通はぬ荒山道であるのに、そこの岩根を踏み、荊・叢木（即ち楚樹）を押分け、〔坂鳥乃〕朝に山を越えさせ、〔玉限〕夕方になれば、雪の降りさうな寒い安騎の大野に到着せられて、そこの薄・篠・荻の類を敷きつつ旅泊をなされます。御父君の過去の御行跡を追懐し御偲びになつて。といふぐらゐの歌である

『斎藤茂吉全集』第十六巻 P.504

そして、この歌の鑑賞の項で次のようにいう。

それから、其処で声調が稍小きざみになつたから、一たび大きく、『み雪ふる安騎の大野に』と続け、息を延ばして置いて、また、『旗薄、しのを押なべ草枕旅やどりせす』と稍圧搾したやうな声調になつてゐるのである

『斎藤茂吉全集』第十六巻 P.506

ここから、声調を構成する要素として「圧搾」を捉えていたことは明確である。茂吉は、この歌の全体のながれを「小きざみ」や「二たび大きく」や「息を延ばし」と所謂緩急があると見る。「阿騎の大野に」のあとに「息を延ばし」と緩があり、その後の急にあたる「旗薄、しのを押なべ草枕旅やどりせす」に「圧搾」があるという。この「旗薄」は、山田孝雄の『万葉集講義』に「薄は長高くして著しく顕れ、其の穂の風に靡けるさま旗の風に靡くに似たればかくいへるなり」[11]（『万葉集講義』巻第一P.212）と解説されている。茂吉は、この解説の意味を縮めて「旗薄」の意と捉えている。また、「しの」は植物の篠に「偲ふ」の意がかかる掛詞である。茂吉はこれらの技巧によるイメージの重層を「旗薄しのを押しなべ草枕旅やどりさす」に見いだし、これを声調のひとつとしての「圧搾」と捉えたのである。

以上①〜⑩に見てきたように、これらの複合名詞は、単に長い表現を縮めるのみならず、豊かなイメージを醸す詩語になっている。単に省略して造語した複合名詞とはいわずに、「圧搾した」複合名詞というところには濃密な表現効果を認めるという気持ちがこめられているのであろう。以上のようなことは、茂吉の長い間の創作活動によって得られた実感と考えられる。とはいえ、先にも触れたように、彼はこの段階で「圧搾」と「省略」を截然と区別していたとは考えにくい。というのも「人麿長歌評釈」（一九三五〈昭和十〉年執筆）にもつぎのように、「圧搾」と「省略」を区別せずに用いているからである。それを次項で見る。

2−2　巻二・一九六番歌

つぎに巻二・一九六番歌、所謂「明日香皇女挽歌」において茂吉は、「省略技法」と「融合」という語を用いて声調を評する。巻二・一九六番歌の茂吉の訓は以下の通りである。

飛ぶ鳥の　明日香の河の　上つ瀬に　石橋渡し一に云ふ、石浪　下つ瀬に　打橋渡す　石橋に一に云ふ、石浪　生ひ靡ける　玉藻もぞ　絶ゆれば生ふる　打橋に　生ひをれる　川藻もぞ　枯るれば生ゆる　何しかも　わが王の　立たせば　玉藻のもころ　臥せば　川藻の如く　靡かひし　宜しき君が　朝宮を　忘れ給ふや　夕宮を　背き給ふや　現身と　思ひし時に　春べは　花折りかざし　秋立てば　黄葉かざし　敷妙の　袖たづさはり　鏡なす　見れども飽かず　望月の　いやめづらしみ　思はしし　君と時時　幸して　遊び給ひし　御食向ふ　城上の宮を　常宮と　定め給ひて　あぢさはふ　目言も絶えぬ　然れかも一に云ふ、そこをしも　あやに悲しみ　ぬえ鳥の　片恋つま一に云ふ、しつつ　朝鳥の一に云ふ、朝露の　通はす君が　夏草の思ひ萎えて　夕星の　か行きかく行き　大船の　たゆたふ見れば　慰むる情もあらず　そこ故に　術知らましや　音のみも　名のみも絶えず　天地のいや遠長く偲び行かむ　み名に懸かせる　明日香河　万代までに　愛しきやし　わが王の　形見にここを

訓は『斎藤茂吉全集』第十六巻、P.615～616

茂吉は、この歌に見られる表現技法について次のようにいう。

併し、此処『君』は前後の関係から、どうしても君即ち皇女の配偶者のやうである。そんなら、上の『川藻の如く靡かひし』の句はどうなるかといふに、これは皇女の御事になる。そして、一たび『川藻の如く靡かひし』と皇女の御事を敍して来て、突如として男、即ち背の君の御事となるところに、人麿一流の省略技法があり、融合があるのである。

『斎藤茂吉全集』第十六巻 P.640

この部分の「人麿一流の省略技法があり」は分かりにくいうえに、何を「融合があるのである」というのか、どのような状態をさすのか、いよいよわかりにくい。

考察の手がかりは、茂吉の現代語訳にあると思われる。

〔飛鳥〕明日香川の上流の瀬には飛び石を渡し（置き）、下流の瀬には假橋を渡す（造る）。その飛び石に生ひて靡いて居る玉藻は絶えたかと思ふとまた生える、假橋に生ひ繁つてゐる川藻は枯れたかと思ふとまた生えるのに、①どうしてわが皇女は、皇女がお立ちになればその玉藻のやうに、お臥りになればその川藻のやうに、靡き寄り親まれたところの、あの立派で尊い夫の君の居られる朝の御殿をお忘れになつて、薨去なされたのであらうか。夕の御殿を御見棄になつて、薨去なされたのであらうか。悲しくも計りかねる御事である。

この世に皇女御在世の折は、②春は花を折りかざし、秋は黄葉を挿頭にせられて、〔敷妙之〕互に御袖をつらね、〔鏡成〕鏡のやうに見ても見飽かず、〔三五月之〕満月の如くにますます立派だとお思ひなされた、夫の君と一しよに御出遊なされし、〔御食向〕城上の宮をば、今日は永久の墓陵と定め給うて、〔味澤相〕もはや御目にかかることも物申上げることも叶はぬやうになつた。

さういふ次第ゆゑ、夫の君は、切に悲まれ、今は〔宿兄鳥之〕ひとりの片恋夫の御ありさまで皇女をお偲びになりながら、城上の宮に〔朝鳥〕お通ひになる御姿が、〔夏草乃〕夏草の萎れるやうにしをれ〔夕星之〕夕星のめぐるやうに往来なされ、〔大船〕ふらふらと逡巡沈思なされる御有様をお見うけ申すと、吾々とても心を慰めかね、為すべき方法も分からぬ。

そこで、③せめては皇女の御噂だけなりとも、御名だけなりとも、天地の遠く久しい如くに、遠く久しく何時までも偲び奉らう。そして皇女の御名につけられたところの明日香川をば、万代までも、吾が皇女の御形見として慕ひ奉らう。ああその御形見か。此処よ。

『斎藤茂吉全集』第十六巻 P.636（①②③、及び傍線は筆者）

先の説明によれば、「川藻の如く　靡かひし」と「宜しき君」の間に「省略技法」があるという。つまり、①の「皇女がお立ちになればその玉藻のやうに、お臥りになればその川藻のやうに、『皇女が』靡き寄り『お二人が』親まれたところの、あの立派で尊い夫の君の居られる朝の御殿を……」という文脈で波線の部分が省略されていると解し、これを「融合《フェルシュメルツンク》」と呼ぶ。少々複雑な解釈であるが、茂吉は「なびかひし」を「皇女の御事」としながら夫婦の行為と二重の意味でとっている。この歌の「君」が誰をさすのか、また「川藻の如く、靡かひし」の主体が誰をさすのかについて、茂吉が参照したと思われる諸説は以下のように大きく四つに分かれる。

(1)「君」は夫、「川藻の如く　靡かひし」は夫の形容　（旧全集・新編全集）
(2)「君」は夫、「川藻の如く　靡かひし」は皇女の形容　（全釈・講義）
(3)「君」は皇女、「川藻の如く靡かひし」は夫婦の行為　（檜嬬手・新考・全註釈）
(4)「君」は夫、「川藻の如く靡かひし」は夫婦の行為　（私注・注釈・旧全集）

これら(1)～(4)説のうち、茂吉の解は何れにもぴったりと従っているわけではない。まず「君」は、男性集中の一般的な例から男子とする。「玉藻のもころ」（玉藻のように美しい）というイメージは、男性にはふさわしくないとみて皇女のこととするのである。そして、「靡かひし」という言葉に互いにの意があると見て、夫婦の行為とうけとり、その後「宜しき君……」と夫のことをいうと解している。つまり、最初は皇女のことを言っていたものが、文に切れもなく、いつのまにか夫婦のことをいい、その後、また切れもなく夫のことをいうかたちと見る。そしてこれを「人麿一流の省略技法があり、融合《フェルシユメルツンク》があるのである」と評するのである。

この「省略融合」は、②の後の部分にもいう。

『春べは花折りかざし、秋立てば黄葉かざし』は皇女の御事のやうであり、『敷妙の袖たづさはり』は御二人の事に相違ないが、『鏡なす見れども飽かず』のところは皇女の形容のやうでもあるが、下につづく、『望月のいやめづらしみ思ほしし』を見れば、皇女が夫君のことを『望月のいやめづらしみ思ほしし』と云ふやうに聞こえるのである。その次の、『君と時時いでまして』の句を見れば、正しく『君』は夫君のことに相違ない。夫君だとすれば、『鑑なす見れども飽かず、望月のいやめづらしみ思はしし』はどうしても、夫君の形容といふことにせねばならぬが、愚見によれば、その辺は人麿一流の省略融合があるので、形容の如きも両方へ滲透してゐると解するのである。

『斎藤茂吉全集』第十六巻 P.641

ここで茂吉は、a「春べは　花折りかざし　秋立てば　黄葉かざし」を皇女の形容、b「敷妙の袖たづさはり」は夫婦の行為、つづくc「鏡なす　見れども飽かず」はふたたび皇女の形容、d「望月の　いやめづらしみ　思はしし　君」と「君」につづく、このabcdを「省略融合」と評している。

さらに、③には「融合技法」という。

それから、終の方の、『音のみも名のみも絶えず天地のいや遠長く偲び行かむ』までは順当に分かるが、『み名に懸かせる明日香河万代までに愛しきやしわが王の形見にここを』のところがさう明快には行かない。これが即ち融合技法があるからである。　『斎藤茂吉全集』第十六巻 P.641

この「融合技法」は、皇女を「何時までも偲び奉らう」から皇女の名の連想で明日香川につなげ、明日香川を皇女の形見と詠いあげてゆくところに認めるようである。茂吉は、この部分に人麻呂の美的感覚が働いており明快に解釈し得ない、としながら「融合技法」という。どうやら言葉を「省略」しつつ歌に詩的な言語の流れと、異質なものの混ざり合ったなかに調和する美を「融合技法」とすると思われる。

茂吉は、詩としての美を「融合」という言葉で述べるのであるが、これは、一九〇〇（明治三十三）年の森鷗外の翻訳『審美新説』(12)（森林太郎著　春陽堂　一九〇〇年）の「融合」を、巻二・一九六番歌にあてはめたものと考えられる。『審美新説』は、フォルケルトの著作『審美上の時事問題』の概略をのべたもので、

芸術と道義との関係
芸術と自然との関係
第二自然としての芸術

様式
自然主義
審美学の現況

の六項目がある。「融合」は、「第二自然としての芸術」のなかにあり、ドイツ語「Verschmelzung」を「融合」と訳している。これは、茂吉が「融合」にドイツ語「フェルシュメルツンク」とルビする語である。鷗外は「芸術上観相」を述べるなかで、つぎのように「融合」をいう。（なお、同文にドイツ語「Anschauung」は「観相」、「Association」は「平生連想」と訳されている）

芸術の志は先づ観相 Anschauung を作るに在り。（中略）芸術上観相は蓋し観想の完成したるものなり、観相といふものゝ理想の実現したるものなり。而してその常の観相と相殊なるは、その官能上形相の一辺に局せずして、他の霊性上含蓄の一辺を併せたるに在り。両者は平生連想 Association として相合ふものなるに、今や径ち融合 Verschmelzung の関係となり畢ぬ。是れ審美観に重き価値を与ふるものにして、能く予をして審美観とは観相として視るなりと曰はしむるものなり。
（『審美新説』二十一　国立国会図書館デジタルコレクション）

ここに鷗外は、芸術の根本として見ること（観相）の重要性をいう。「融合」は、常の「観相」とは異なる、所謂連想が合わさるものをいい、審美に重い価値を与えるとされている。茂吉は、こうした「融合」を一九六番歌の皇女と夫や、皇女の名と明日香川の名の連想にあてはめて考えたのである。

しかしながら、ドイツ文学から概念語のみ直輸入して使用したことは、和歌声調論に混乱をもたらしていると言わざるをえないであろう。

一方で茂吉は、当該歌の「圧搾」については、つぎのようにいう。

偲び行かむ。み名に懸かせる明日香河〔を〕、万代までに、偲び行かむ。愛しきやしわが王の形見〔として〕偲び行かむ。その王の形見に（か）。ここを。

これだけの散文的文をば、あれだけに圧搾単純化して、韻文的効果を得てゐるのである。或は、『明日香河ヲバ』とせずに、『明日香河ハ』と第一格にすれば、

明日香河は、わが王の形見に。ここを。

即ち、『形見に、嗚呼ここの河よ』といふやうにも取ることが出来る。兎に角、この辺の技巧は何か混沌たる渦があり、常識的に平凡明快では無い。

『斎藤茂吉全集』第十六巻 P.642

ここにいう「圧搾」とは、助詞「を」「か」や連語「として」などが省かれていること、「偲び行かむ」が二度省かれていることをいうのである。先には、文の省略に連想を伴うものを「省略技法」とし、句と句が優美に融け合い流れる様を「融合技法」とし、単純に言葉を省略することを「圧搾」と呼ぶ。甚だしく未整理であり、この項の解釈を読むかぎり、前項に述べたように「省略」と「圧搾」が混乱しており、区別されていたとは言い難い。同様のことは二一七番歌にも言える。このことは次項に述べる。

2-3　巻二・二一七番歌

巻二・二一七番歌「吉備津采女挽歌」評では前項の「省略技法」とは異なり、詩句の「省略と圧搾」をあわせて「省略融合の技法」としている。

巻二・二一七番歌の茂吉の訓と大意を次に示す。

秋山の　したぶる妹　なよ竹の　とをよる子らは　いかさまに　念ひ居れか　栲縄の　長き命を
露こそは　朝に置きて　夕は　消ゆと言へ　霧こそは　夕に立ちて　朝は　失すと言へ　梓弓
音聞く吾も　髣髴見し　事悔しきを　敷妙の　手枕纏きて　剣刀　身に副へ寝けむ　若草の　その夫の子は　不怜しみか　念ひて寝らむ　悔しみか　念ひ恋ふらむ　時ならず　過ぎにし子らが
朝露の如也　夕霧の如也

訓『斎藤茂吉全集』第十六巻 P.783

〔大意〕秋山の黄葉のにほふやうに美しかつた女、女竹の如きしなやかな姿をして居つた女の、吉備の津の采女が、どう思つたことであらうか、〔栲紲之〕まだうら若く末長かるべき命で、時ならず死んで行つた。』露は朝に置いて夕には消え、霧は夕に立つて朝には無くなるものであらうが、そのやうに果敢なくもかの女は死んで行つた。』かの女が亡くなつたといふ〔梓弓〕噂だけを聞く自分でも、生前にしんみり見なかつたことを悔いる程だから、況して親しく〔布栲乃〕手枕をかはして〔剣刀〕添寝した夫の身になつたら、どんなに淋しく思ひ寝ることであらう、どんなに残惜しく恋ひ慕ふことであらう。』まだ死ぬ時でないのに思ひがけず彼の女は死んで行つた。

朝露の如くに。夕霧の如くに。』

『斎藤茂吉全集』第十六巻 P.792

この歌について茂吉は、つぎのようにいう。

『消ゆと言へ』とか、『念ひて寝らむ』とか、文法的には切れるが、声調からは切れてゐない。かくの如く切れてゐないから、其処におのづから、省略と圧搾とが行はれるのである。即ち私の謂ふ省略融合の技法が行はれるのである。
従来の学者はこの事に就いても、種々研究せられた。澤瀉氏は省略法の文字を用ゐられ、山田氏次いで森本氏は飛躍の文字を用ゐられてこれらの技法を説明して居る。

（中略）

『霧こそは夕に立ちて朝には失すと言へ』から直ぐ、『梓弓音聞く吾も』に続けたところも亦同じである。攷証で此処の具合を説明して、『霧こそは夕べに立ちても明ぬればうせぬといへ、されども人はさはあらざるものをといふ意なり』と説明してゐる程であるが、此処はそれよりも、『その如く、この采女も時ならず過ぎにし』といふ句を含めて居るものと解釈すべきである。即ち、『時ならず過ぎにし』といふ句が二たびも圧搾せられて、終の方になつてはじめて、『時ならず過ぎにし』を表面に出してゐる手法は巧みであり、簡浄を極めてゐる。『斎藤茂吉全集』第十六巻 P.794

このように茂吉は、対句の後ろに「省略」と「圧搾」の「省略融合の技法」があるという。「省略」は、文を省く意、「圧搾」は縮まった言葉のなかに悲しみの思いが凝縮されたこと、「省略融合の技法」

は凝縮された文全体が一つの世界としてまとまり響き合うさまをいうのであるが、この「省略」と「圧搾」と「融合」の混在している文章は分かりづらい。加えて言えば、「『時ならず過ぎにし』というふ句が二たびも圧搾せられて」というこの「圧搾」は、一般的には「省略」というべきである。こうした「省略」「圧搾」「融合」の混在が、茂吉の論を難解にしているのである。

では、茂吉がこの歌の省略を具体的にどのように考えているか、つぎに彼のしめす図式がある。

あきやまの　したぶるいも　なよたけの　とをよる子らは
いかさまに　念ひて居れか　たくなはの　ながきいのちを
　露こそは　朝に置きて　夕には　消ゆと言へ
　霧こそは　夕に立ちて　朝には　失すと言へ
　　　　　　　　　　　　　　　　　　——〈時ならず過ぎにし〉——
あづさゆみ　音聞く吾も　髣髴に見し　ことくやしきを
しきたへの　手枕纏きて　つるぎたち　身に副へ寝けむ　若草の　その夫の子は
　さぶしみか　念ひて寝らむ
　くやしみか　念ひ恋ふらむ
　　　　　　　　　　　　　　　　　　——〈時ならず過ぎにし〉——
　　　　　　　　　　　　　　　　　　——時ならず　過ぎにし子らが——
　朝露の如也　夕霧の如也
　　　　　　　　　　　　　　　　　　『斎藤茂吉全集』第十六巻 P.793

この図によると〔時ならず過ぎにし〕が二回省かれている。こうした茂吉の巻二・二一七番歌の解釈は、実は先行研究から導かれている。澤瀉久孝の『万葉集新釈』(13)に次のようにいう。

長き命を――「を」は「なるを」の意。この下に句がおちたと見る説はあたらない。「長き命を」と云ひさして「露こそは云々」と云つて、女の死を直接叙べないところ、例の人麻呂の省筆と見るべきものである。

澤瀉久孝は、「ながきいのちを」は「長き命なるを」の意に解し、「長き命を」の後ろに「省筆」、つまり省略があるとする。澤瀉の指摘する省略の箇所は、二カ所である。一は、「長き命を」の後ろであり、澤瀉は「この下に句がおちたと見る説はあたらない」、また「云ひさして」というように、脱落ではなく言葉の省略とみている。二つめの省略は対句の後ろにあり、澤瀉は「『露こそは云々』と云つて、女の死を直接叙べないところ、例の人麻呂の省筆と見るべきもの」という。つまり「露こそは朝に置きて　夕には消ゆといへ　霧こそは夕に立ちて　朝には失すと言へ」の対句の後ろに女の死の叙述が省略されて、「結句にゆずつた」と考えているのである。このように澤瀉久孝の指摘する省略は茂吉のいう「二たびも圧搾せられて」に重なる。ただ、澤瀉は女の死は推測出来るものの、具体的にどのような文言が省略されているとは言わなかった。茂吉は、具体的にそれをしめすのである。茂吉の示す省略の文言は、「過ぎにし子らが」という結句の一部で、「子らが」は省かれたとみなす文言に含まれていない。「過ぎにし」が連体形であるならば、そもそも「子らが」が含れるはずであるが、茂吉は「過ぎにし」を終止形と捉えている。これは、現代語訳に「〈栲紲之〉まだうら若く末長かるべき命で、時ならず死んで行つた。露は朝に置いて夕には消え、霧は夕に立つて朝には無くなるものであらうが、そのやうに果敢なくもかの女は死んで行つた。」と、終止形にし、「。」をうっていることから判断できる。茂吉はここで、「省略」と「圧搾」を合わせて「省略融合」とする独自の見解を打ち出している。それは、采女の死に対して「死んで行った。」と繰り返すことで切実さが表現されているいると見てよいのである。

茂吉は、二カ所に叙述があるはずの「時ならず過ぎにし」を「省略」し、そこに言外の悲しみが凝縮されることを「圧搾」というようであり、さらに省略された詩句の意が凝縮されて結句に送られ、対句部分と結句の「露」と「霧」の要素を含めて儚く美しいイメージでつながっている全体を「省略融合の技法」というのである。ところが省略した箇所に意を濃縮する「圧搾」の効果と、省略した文の効果についていう「融合」には共通性がある。さらに、所謂省略の意味で「圧搾」を使うことも初期の声調「圧搾」の理解を困難にしているのである。

「省略」と「融合」は、巻二・一六七番歌の解にも見られる。

2-4　巻二・一六七番歌、巻三・二五一番歌

巻二・一六七番歌（『斎藤茂吉全集』第十六巻 P.566〜597）でも茂吉は「省略」と「融合」「省略句法」をいう。巻二・一六七番歌は次のような歌である。（※訓『斎藤茂吉全集』第十六巻 P.566）

天地の　初の時し　ひさかたの　天の河原に　八百万　千万神の　神集ひ　集ひ坐して　神分り
分りし時に　天照らす　日孁尊一に云ふ、さしのぼる日女の命　天をば　知らしめすと　葦原の　瑞穂の国を　天

地の　依り合ひの極　知らしめす　神の命と　天雲の　八重かき別きて一に云ふ、天雲の八重雲別きて　神下し　坐せまつりし　高照らす　日の皇子は　飛鳥の　浄の宮に　神ながら　太敷きまして　天皇の　敷きます国と　天の原　岩戸を開き　神上り　上り坐しぬ一に云ふ、神登りいましにしかば　わが大君　皇子の命の　天の下　知らしめしせば　春花の　貴からむと　望月の　満はしけむと　天の下一に云ふ、食国　四方の人の　大船の　思ひ憑みて　天つ水　仰ぎて待つに　いかさまに　思ほしめせか　由縁もなき　真弓の岡に　宮柱　太敷きまし　御殿を　高知りまして　朝ごとに　御言問はさず　日月の　数多くなりぬる　そこ故に　皇子の宮人　行方知らずも一に云ふ、さす竹の皇子の宮人ゆくへ知らにす

この歌の題詞「日並皇子尊殯宮之時柿本朝臣人麿作歌一首幷短歌」を、茂吉は題意の項に記し、日並皇子尊は草壁皇子をさすこと、また「殯宮之時」は「本葬を営むまえ姑く喪屋におさめて朝夕饌を供えて近臣が仕侍する」期間を意味するが、当時は期間が短かったであろう、と推測している。

この歌の大意を茂吉は次のようにいう。

〔大意〕天地開闢の初に、〔久堅之〕天の河原に、八百よろづ千よろづの数多の神々が、神集をし、神議をし給うた時に、天照大神即ち大日孁命は、天上を支配なさることとし、地上の葦原の瑞穂の国即ちこの日本をば、天地が二たび合ふ無窮の時まで、即ち天地のあらん限り、支配なさるべき御方として天孫瓊々杵命を、天雲の八重雲の中を押し分けてこの日本の国土に天降らしめたまうた。そして代々天皇がこの国土を統治遊ばされたが、その皇統の〔高照〕日の皇子にましますこの天武天皇は、飛鳥の浄御原の宮殿で、神としての御威力を以てこの代を御治めになられて居たが、この地上の国は現の天皇が統治したまふところだからと仰せられて、御身みづからは天の石門を

御開きになり天上に御のぼりになられてしまつた、即ち崩御になつた。』〔以上一段〕

そこで、わが御仕し奉る日並皇子尊が御位に即かれて天下を統治し給ふならば、〔春花之〕春の花のやうに麗しく立派で、〔望月乃〕十五夜の満月のやうに盛大であらうと天下万民が、〔大船之〕大船のやうに依頼り奉り、〔天水〕旱に雨を仰ぎ待つやうに御期待申上げてゐたのに、どう御思召になられたものか、御由縁もない寂しい真弓の岡にかくも大きく殯宮を〔宮の柱を、皇居を〕御営みになつてしづまりたまひ、そしてもはや群臣にむかつて御言宜ふこともなくなつて、月日も段々と経過してしまつた。それゆゑに春宮に仕へ申した官人どもが皆々帰趨することを知らず、途方に暮れて居る。』〔以上二段〕

『斎藤茂吉全集』第十六巻 P.583〜584

茂吉は、この歌を二段にわけて解釈するなかで、第一段に「省略句法」をいう。

従来、『神ながら太しきまして』の句が上に附くのか下に附くのか解釈し得ず、迷つたものであるが、これは省略句法で両方に懸つて、融合《フエルシユメルツエン》してゐるのである。『斎藤茂吉全集』第十六巻 P.591

ここで茂吉が、従来「神ながら太敷きまして」が、上につくか下につくかで迷ったというのは、「神ながら太敷きまして」と「天の原岩戸を開き」の主体が誰をさすかということで、以下の三説に分かれていることをさす。

①「神ながら太敷きまして」＝代々の天皇／「天の原岩戸を開き」＝日並皇子〔玉の小琴・講義〕

②「神ながら太敷きまして」＝日並皇子／「天の原岩戸を開き」＝日並皇子　（代匠記・総釈）
③「神ながら太敷きまして」＝天武天皇／「天の原岩戸を開き」＝天武天皇　（全釈・注釈）

この三説を茂吉自身が如何に判断したかについて、彼の現代語訳を見てみたい。

　その皇統の〔高照〕日の皇子にまします天武天皇は、飛鳥の浄御原の宮殿で、神としての御威力を以てこの代を御治めになられて居たがこの地上の国は現《うつつ》の天皇が統治したまふところだからと仰せられて、御みづからは天の石門を御開きになり天上へ御のぼりになられてしまつた、即ち崩御になつた。

『斎藤茂吉全集』第十六巻 P.583～584

茂吉は、日の皇子を天武天皇、つまり③の説、天の岩戸を開いたのも天武天皇ととる。「神ながら太敷きまして」を天武天皇の浄御原の宮殿での支配統治の形容と受け取る。また、この歌の「省略句法」については、つぎのように示す。

　高照らす、日の皇子は、飛鳥の、浄の宮に、神ながら、ふとしきまして。――飛鳥の、浄の宮に、神ながら、ふとしきまして。――すめろぎの、敷きます国と、あまの原、石門を開き、神上り。上りいましぬ。

『斎藤茂吉全集』第十六巻 P.590

これによれば、「飛鳥の、浄の宮に、神ながら、ふとしきまして」は二回あり、ひとつは「日の皇子」（天武天皇）の後ろ、もうひとつは「すめろぎ」（現《うつつ》の天皇）の前にある。つまり、茂吉の考えでは、この部分は前後をつなぐ一種の掛詞的用法であり、本来は繰り返しになるものが、省略されていると考え、「融合《フェルシユメルツエン》」というのである。

また、茂吉はこの歌の「神下し」を「省略句法」であるという。「神下し」についての茂吉の理解は、たとえば万葉集講義の「神下し」の解説「ここは神の御はからひとして皇孫を此の国に下し給ひしなればカムクダシとよむべきなり」などの内容が縮まったものと捉えて「省略句法」としていると考えられる。この「省略句法」は短歌に対しても評価語として用いられる。それは巻三・二五一番歌である。

淡路の野島の埼の浜風に妹が結びし紐吹きかへす

『斎藤茂吉全集』第十六巻 P.217

この歌の茂吉の大意（現代語訳）は、「淡路の野島が埼までとうとう来たが、その強い浜風に、家を出るとき妹が結つてくれた旅衣の紐がかくも靡きひるがへることである」とする。茂吉はこの歌の「浜風」の説明でつぎのように省略句法をいう。

○浜風爾　ハマカゼニと訓む。『浜風が吹いてゐるに、その浜風が』といふぐらゐの省略句法である。

『斎藤茂吉全集』第十六巻 P.218

これは語釈の部分で、語釈には、本来は「浜風が吹いてゐるに、その浜風が」と結句のうしろに繰り返されるべきところを省略していると捉える。澤瀉久孝の『万葉集新釋』に「人麻呂の例の省略的句法の一つのあらはれと見てよい」という。茂吉の「省略的句法」という評言は、澤瀉久孝から影響をうけたものであろう。しかし『万葉集新釋』は、「浜風にと云つて、紐吹かへすといふのは無理ないひ方である」という。これを詳しくいうと『新編日本古典文学全集　万葉集』の頭注の説明と同じ意味になる。同書の頭注は、「○紐吹き返す――紐ヲ吹キ返サシムの意。厳密に言えば、返スは返ラシムであり、その返ルの主語は紐であるから、語の構成に無理がある。紐が風に翻るのを、作者自らを主格にして風に翻させていると表現している」という。つまり、これが現在の通説である。しかし茂吉は、この歌の省略句法は結句に「その浜風に」が省略されていると考える。一般的に繰り返しの省略がある必然性は感じられないが、茂吉独自の美的感覚の現れが見られるといえよう。

　本節に於いて述べて来たところをまとめると、第1項、茂吉は、巻三・二六六番歌の「夕波千鳥」を「夕波の上を鳴きながら飛ぶ千鳥」の意として最終的には「圧搾」と捉え、この「夕波千鳥」を「圧搾」とするように、「青垣山」「青香具山」などにも「圧搾」の声調をいう。同様に巻一・四五番歌では、「旗薄しのを押なべ草枕旅やどりせす」を声調のひとつとしての「圧搾」ととらえる。第2項では、茂吉が多くの長歌を分析し、①「省略技法」②「融合《フェルシユメルツンク》」③「省略融合」④「融合技法」⑤「圧搾」の五つの呼び方で評価したことを見て来た。このうち①「省略技法」と②「融合《フェルシユメルツンク》」をあわせたものが③「省略融合」に同じである。④「融合技法」は連想による二重性の響き合い、⑤「圧搾」は単純に言葉を縮めたものをさし、この段階での茂吉の概念語は未分化でわかりにくい。

　これらが分化するのは、一年半後に出版された『万葉秀歌』である。次節に於いてそのような分化した「圧搾」を「省略」と「融合」を参照しつつ見てゆきたい。

3　万葉秀歌の「圧搾」「省略」「融合」

3－1　万葉秀歌の「圧搾」

『柿本人麿』（評釈篇巻之上）より一年半後に『万葉秀歌』（一九三八年十一月　岩波書店）が出版された。ここにも「圧搾」と「省略」という声調にかかわる表現が見られる。『万葉秀歌』の「圧搾」は次の二例である。

1巻一・六番歌、

山越の風を時じみ寝る夜落ちず家なる妹をかけて偲びつ　『斎藤茂吉全集』第二十二巻 P.48

この歌は、舒明天皇の讃岐国安益《あや》郡行幸の折の軍王の歌（長歌にたいする反歌）である。茂吉は舒明十一年十二月の伊予の湯行幸のついでに立ち寄ったものかとしている。茂吉の口語訳は「山を越して、風が時ならず吹いて来るので、ひとり寝る毎夜毎夜、家に残っている妻を心にかけて思い慕うた」という。

茂吉は、「山越しの風」を「正岡子規が嘗て注意した如く緊密で巧な云い方」という。これは子規が、明治三十三年七月三日の新聞「日本」掲載の「萬葉集を讀む(14)」に巻一・五番歌（長歌）の評にふくめて言った言葉に注目するものである。

茂吉はこの歌の古調に注目しており、次のように言う。

　なほこの歌で学ぶべきは全体としてのその古調である。第三句の字余りなどでもその破綻を来さない微妙な点と、『風を時じみ』の如く圧搾した云ひ方と、結句の『つ』止めと、さういふものが相待つて綜合的な古調を成就してゐるところを学ぶべきである。『斎藤茂吉全集』第二十二巻 P.49

ここで茂吉は、「風を時じみ」を「圧搾した云い方」という。この部分の茂吉の現代語訳を見ると「風が時ならず吹いて来るので」とあり、茂吉はこのような意を縮めて「時じみ」としたものと解し「圧搾」と呼ぶのである。この「風を時じみ」は、「風を」と「を」格をとり、「時じみ」は所謂ミ語法で理由をあらわす。「心をいたみ」（巻一・五）、「足掻を速み」（巻二・一三六）などと同じ用法で、古代語としては一般的なものであるが、この古代特有の響きに注目して茂吉は、一首の総合的な古調を成就するものと賞賛するのである。

②次に巻十四・三三六一番歌、

　足柄《あしがら》の彼面此面《をてもこのも》に刺《さ》す羂《わな》のかなる間しづみ児《こ》ろ我紐解《あれひもと》く　『斎藤茂吉全集』第二十二巻 P.390

茂吉のこの歌の解釈は、「『かなる間しづみ』までは序詞で、いろいろとうるさい噂などが立つが、じっとこらえて、こうしてお前とおれは寝るのだよ」という。「彼面此面《をてもこのも》」を「筑波嶺のをてもこのもに」（三三九三番歌）とともに東国の訛ととらえ、大伴家持の巻十七・四〇一一番歌「あしひきのをてもこのもに鳥網張り」はこの歌の模倣という。また、茂吉は、この歌の声調を次のようにいう。

　結句の、八音の中に、『児ろ吾紐解く』即ち、可哀い娘と己とがお互に着物の紐を解いて寝る、といふ複雑なことを入れてあり、それが一首の眼目なのだから、調子がつまってなだらかに伸びてゐない。それに上の方も順じて調子がやはり重く圧搾されてゐるが、全体としては進行的な調子で、労働歌の一種と感ずることが出来る。

『斎藤茂吉全集』第二十二巻 P.391

これを見ると、茂吉は「児ろ吾紐解く」を「可哀い娘と己とがお互に着物の紐を解いて寝る」を縮めて言ったものと考えているようである。また、茂吉が「上の方も順じて調子が重く壓搾されてゐる」というのは「足柄の」～「かなる間しづみ」までを指す。茂吉は「彼面此面」を「あちらにもこちらにも」と口語訳し、「か鳴る間」を「鳴子のような装置に動物のかかるまで、じっと静かに息をこらしている」と解する。これらが凝縮された声調を、一首全体を圧搾の調子と捉えているのである。

以上のように『万葉秀歌』の「圧搾」は言葉を凝縮して縮めることにより、一首全体がしまり、凝縮された響きになるものと、捉えている。つぎに、万葉秀歌のなかの「省略」について見てみたい。

3-2 万葉秀歌の「省略」「融合」と「圧搾」及び茂吉の実作

圧搾が確立した中で次に「省略」を見てみたい。『万葉秀歌』の省略の例は五例あり、端的に言葉の省略として捉えなおし、声調には入っていない。

例として巻一・一四番歌をみてみたい。

香具山と耳梨山と会ひしとき立ちて見に来し印南国原

『斎藤茂吉全集』第二十二巻 P.60

この歌について茂吉は、次のようにいう。

一首に主格も省略し、結句に、『印南国原』とだけ云つて、その結句に助詞も助動詞も無いものだが、それだけ散文的な通俗を脱却して、蒼古とも謂ふべき形態と響きとを持つてゐるものである。
『斎藤茂吉全集』第二十二巻 P.60

茂吉はこの歌の主格が省略されているという。これは播磨国風土記に記された三山の争いの伝説と万葉集の歌が同一とする説をとったためである。播磨国風土記記載の伝説では、出雲の阿菩大神《あほのおおかみ》が大和の国で三山が争いをしているのを聞き、仲裁しようと播磨の国、揖保郡の上岡まで船に乗ってやってきたところで、もう喧嘩は収まったと聞き、船を裏返しにしてそのまま上岡に鎮座した、という話である。茂吉は、この話の「阿菩大神」が万葉集巻一・一四番歌の「立ちて見に来し」の主格で、省略されていると解したのである。また結句の「印南国原」は阿菩大神のやってきた場所とした。茂吉が「結句に助詞も助動詞も無い」というのは、阿菩大神が「立ちて見に来し印南国原に」などが本来は入るべきものと考えていたためである。

つぎに巻一・一五番歌、

渡津海の豊旗雲に入日さし今夜の月夜清明《あきら》けくこそ

この歌について茂吉は次のように言う。

『斎藤茂吉全集』第二十二巻 P.61

次に、結句の『己曽』であるが、これも万葉集では、結びにコソと使つて、コソアラメと云つた例は絶対に無いといふ反対説があるのだが、平安朝になると、形容詞かコソにつづけてアラメを省略した例は、『心美しきこそ』、『いと苦しくこそ』、『いとほしうこそ』、『片腹いたくこそ』等をはじめ用例が多いから、それがもつと時代が溯つても、日本語として、絶対に使わなかつたとは謂へぬのである。

「万葉秀歌」『斎藤茂吉全集』第二十二巻P.65

この歌の本来のかたちを「清明《あきら》けくこそあらめ」とし、「あらめ」が省略されたと考える。茂吉は、井上通泰が「されば清明は真淵のアキラケクとよめるに従ふべくコソはコソアラメの略と見るべし」としたことなどに従ったと見られる。この歌の結句の原文は、「渡津海乃　豊旗雲尓　伊理比沙之　今夜乃月夜　清明己曽」である。表記「己曽」を「こそ」と訓むのはいずれの注釈書も同意見である。「清明」の訓は諸注でわかれており、「スミアカクコソ」(仙覚抄、攷証)、「あきらけくこそ」(万葉考)、「きよくてりこそ」(古義)、「さやけかりこそ」(旧全集)などにわかれている。茂吉は井上と同じく賀茂真淵『万葉考』の説をとる。現在では、「清明」を「あきらけく」と訓むのは無理があるという見方が強い。しかし、いずれの訓を取るにしても「清明」は今夜の月を形容するもので、そのいう状景は同じである。注意されるのは結句である。

茂吉は、結句を「コソアラメ」と希望の意に解する。そして大野晋が『係り結びの研究』[15]に、

コソの係り結びは、その末尾が已然形だという点に一つの大きな特徴をもっていた。ところが奈良時代には、形容詞の高ケレ、美シケレのような已然形はまだ十分に発達していなかったという事情がある。

ということに反論する。茂吉の論の是非は兎も角として、彼のこの「省略」は、言葉を略す意の省略である。このように、『万葉秀歌』の「省略」は端的に言葉の省略として捉えなおしており、声調

には入っていない。

なお、『万葉秀歌』の「融合」は五例がある。以下に述べるように、これらは声調とは関わりなく使用されている。即ち、巻六・九二五番歌

ぬばたまの夜の深けぬれば久木生ふる清き河原に千鳥しば鳴く

茂吉は一首の意を、「夜が更けわたると楸樹《ひさぎ》の立ちしげつてゐる、景色よい芳野川の川原に、千鳥が頻りに鳴いて居る」という。そして「視覚も聴覚も融合した、一つの感じで無理なく綜合せられて居る」（『斎藤茂吉全集』第二十二巻P.246）といい、「『久木生ふる清き河原』の句は、現にその光景を見ているのでなく写象として浮んだものであろう」（同　P.246）という。つまりこの「融合」は、夜の世界に、昼に見た景色を重ねあわせていることをいうのである。また巻十・二〇九六番歌、

真葛原なびく秋風吹くごとに阿太の大野の萩が花散る

について、葛の広葉の翻りと萩の細かい紅い花の靡きを「『吹く毎に』で『融合』させてゐる」という。二つの状景が上手く融け合っていることをいう「融合」である。巻十四・三四一四番歌、

伊香保ろのやさかの堰に立つ虹の顕ろまでもさ寝をさ寝てば

一首の意を、「伊香保の八坂の堰に虹があらはれた序詞どうせあらはれるまでは（人に知れるまでは）、お前と一しょにかうして寝てゐたいものだ」とし、「河の井堰の上に立つた虹の写象の融合と共に、一種不思議な快いものを感ぜしめる」（『斎藤茂吉全集』第二十二巻P.397〜398）という。これは、虹の視覚写象（景）と男女相寝ることの情がうまく融け合っていることを「融合」というのである。巻一・八番歌は、

熟田津に船乗りせむと月待てば潮もかなひぬ今は榜ぎ出でな　『斎藤茂吉全集』第二十二巻P.51

「この結句は命令のやうな大きい語気であるが、縦い作者は女性であつても、集団的に心が融合し、大御心をも含め奉つた全体的なひびきとしてこの表現がある」という。この「融合」は、天皇の大御心もふくめた集団の心と作者の心が一体の状態であることをいう。巻一・十五番歌、これは先に「省略」の項で取り上げたが、「融合」の要素も含まれている為再び取り上げたい。

　渡津海の豊旗雲に入日さし今夜の月夜清明けくこそ

この歌について茂吉は、「荘麗ともいふべき大きい自然と、それに参入した作者の気魄と相融合して読者に迫つて来る」(『斎藤茂吉全集』第二十二巻 P.62)という。つまりこの「融合」は、自然のなかに作者の気魄が融合していることをいうものと見える。

以上のように『万葉秀歌』の「融合」は声調をさすものではなく、単に融け合うという意味でつかわれている。『柿本人麿』に見られた「省略融合」や、省略技法に関わる「融合《フエルシユメルツエン》」などの和歌の構文上の融合は『万葉秀歌』では使用されていない。また『万葉秀歌』では、「圧搾」「省略」といった言葉にたいする認識も『柿本人麿』とは異なる。こうしたところから、『柿本人麿』では「圧搾」と「省略」の違いが曖昧であったが、『万葉秀歌』では言葉を縮め、意味を凝縮することで一首全体がひきしまり、詩情を喚起するかたちを「圧搾」としている。また言葉を省くことを「省略」という。このような点から、『万葉秀歌』は『柿本人麿』とくらべると用語にたいする認識が深まり、声調「圧搾」があると見てよい。

ところが茂吉の実作となると、「圧搾」と言って良いものは少ない。たとえば次などがそれといえよう。

　とろとろとあかき落葉火《おちばひ》もえしかば女《め》の男《を》の童《わらわ》あたりけるかも　『赤光』

これは、初版『赤光』には「とろとろとあかき落葉火《おちばひ》もえしかば女《め》の男《を》の童《わらわ》をどりけるかも」とあり、結句に異同が見られる。この歌は、落葉を集めた焚き火の側に女の子や男の子があつまっている様子をえがいたもので、初版本では、焚き火のまわりで子供が踊る一種の絵画的な場面構成であるが、のちに、ただ静かに火にあたる様子に変更しているのである。第二句の「落葉火」は、幕末の俳人・桜井梅室の句「落葉火やもえづゝの窓明り」などにも見える表現で、落葉を集めた焚き火を縮めた語である。これは茂吉のいう「圧搾」の声調で、この特徴的な語により一首全体がひきしまり、詩情を喚起する。また「女の男の童」も「女の童男の童」の「圧搾」といえよう。しかしながら、茂吉のいう「圧搾」は言葉を省略により縮めて意味を凝縮することであったが、この方法は古来から和歌の基本的な表現方法である。右に引用した「落葉火」は俳句ではあるが、先人に用例があるように文学作品に広く使われていたレトリックであった。茂吉が特に「圧搾」として取り上げても、新しい時代の和歌改革にさほど効果を発揮しなかったことが肯けるであろう。

「顫動」とは

1　茂吉の歌論に用いられるまでの用語としての「顫動」

次に「顫動」であるが、「顫動」は音について一般的に用いられてきた語であるから、声調の一要素を表現するのに適切な語と言えよう。ところが、この「顫動」についての茂吉の言葉は他の声調に比較してはるかに少ない。謂うところを明らかにするにはいささか困難があるが、まず、「顫動」の一般的な意味と用法からみてゆく。

まず、「顫動」の歴史を遡ると、古くは仏典に

大怖畏身大顫動愛法楽法学法剃除鬚髪身披法服求於正法求法　（仏説仏名経　第六）

など『大般涅槃経』第二十四　光明遍照高貴徳王菩薩品第十之四を含めて、身体の震えをあらわす言葉として用いる例を見いだし得る。その後仏典以外にはほとんど用いられなかったが、明治になって全くの異分野である近代科学の書の中に多用されるようになる。まず一八七〇〜一八七一年頃、西周があらわした『百学連環』(16)二一（物理上学）に、

凡そ音たるものは atmospheric（大気の）vibration（戦動）or sound とて、大気の関係に依て生ずるものなり

と「vibration」の翻訳語として用いた顫動の「顫」と「戦」が通用することをもってこの「戦動」がある。この「戦動」はもちろん「顫動」と同じであって、ここでは大気の震えを意味する。次に一八七六年、物理の教科書『物理階梯』[17]の「第十九課音響論」に、

金鼓、風琴、琴瑟及、他ノ楽器ヲ響体ト名ツケ、其声音ノ高低ハ此響体ニ弾力性アルト大気ノ弾力及疎密トニ関ヅルモノナリ、而シテ其琴絃、三絃、等ノ音ヲ発スルハ、絃ニ弾力ノ性アリテ顫動スルニ因リ、

とあるのは、金鼓、風琴、琴などの弦楽器の音響が、大気の弾力や疎密に関わるもので、弦が顫動することにより音が伝わることをいう。その後、一八七八年の『物理小學』[18]巻三には、目次に「第八門　韻學」とあり「顫動、速度、及ヒ返射」という見出しが見える。「顫動」は、

音ハ有体ノ分子顫動スルニ由リテ起リ而其顫動ヲ空気ニ伝ヘ空気之ヲ耳ニ伝フ耳ノ構造甚奇ニシテ専ラ音ノ受容ヲ主リ此ヨリ之ヲ脳ニ送リ以聴神径ノ知覚ヲ起サシム

という文中にあり、これは、分子の顫動が空気に伝わり耳の器官から脳に送られ聴神経の知覚を起

すと、所謂聴覚の理論について解説している。また、一八八〇年、医学書『理学的打聴診論二』[19]に、

〔一〕膜ノ現存　管中ニ横遮スル膜アリテ大気若クハ血液ノ流波之ニ触ル、トキハ先其膜ヲ緊張シ従テ顫動セシム例之ハ声門帯及ヒ心臓弁膜ノ如キ是ナリ

とあり、血管中の血液の流れに触れるとき、その膜が緊張し顫動するというもので、例として声門帯と心臓弁膜があげられる。これは、物理の聴覚でつかわれる「顫動」が聴診器の音に応用されたものである。また一八八一年『中学物理書』[20]上編の「第十九章発音躰ノ顫動〔第百五十一節〕弦線ノ顫動」では、

緊張シタル弦線ヲ撃チ又ハ之ヲ弾クトキハ其性質緊張及ビ大小応シテ横顫動ヲ起ス而テ此顫動ハ第百三十五節ニ説ケル楽音ノ調ヲ発セシムルモノナリ

とあり、これは、先の『物理階梯』と同じく弦楽器の弦の震えが空気中を伝播して発する音を「顫動」としている。この他同書には波動の一部として「顫動」がある。以降、物理を中心に「顫動」が使われるようになり、また時期は遅れるが、さらに物理学の枠を越えてさまざまに使われるようになる。

明治の窮理学ブームとともに物理学用語が一般化するにおよんで「顫動」は文学の分野でももちいられる。一九一〇年雑誌『スバル』に発表された森鷗外の「青年」[21]に、

> まあ、なんといふ違ひやうだらう。お雪さんの、血の急流が毛細管の中を奔つてゐるやうな、ふつくりしてすべつこくない顔には、刹那も表情の変化の絶える隙《ひま》がない。埒もない対話をしてゐるのに、一一の詞に応じて、一一の表情筋の顫動が現れる。

とあり、恋愛の心理描写のなかに科学的な「表情筋の顫動」がある。これは医学の知識との関連があり、鷗外自身が医者であることから生まれた表現であると見られる。夏目漱石の『行人』[22]にも、

> 自分は遂に彼女の唇の色迄鮮かに見た。其唇の両端にあたる筋肉が声に出ない言葉の符号《シンボル》の如微かに顫動するのを見た。

と、唇の両端の筋肉の「顫動」がある。これも表情筋の動きをいう「顫動」である。このように「顫動」は、文学作品のなかにおいても、当初は科学的な意味合いの強い言葉であったが、漱石の『明暗』[23]のなかに、

> 無邪気なお延の言葉は、彼女の意味する通りの単純さで津田の耳へは響かなかつた。其所には一種のアイロニーが顫動してゐた。

という「顫動」がある。「アイロニー」は皮肉の意であり、ここでは、言葉にこもる皮肉が微細にう

ごめいていたことを「顫動」という。この『明暗』の「顫動」は、科学的表現から文学的な心理の比喩に転化しているのである。こうした文学的な内面の「顫動」は、萩原朔太郎の『月に吠える』[24]にも見える。朔太郎は『月に吠える』の序文に、

詩の表現の目的は単に情調のための情調を表現することではない。幻覚のための幻覚を描くことでもない。同時にまたある種の思想を宣伝演繹することのためでもない。詩の本来の目的は寧ろそれらの者を通じて、人心の内部に顫動する所の感情そのものの本質を凝視し、かつ感情をさかんに流露させることである。

という。つまり、人の心の細かく僅かな動きを「顫動」と呼び、これを凝視し、感情を流露させることが詩の目的である、という高らかな宣言の文である。

一方、斎藤茂吉は、

香の高い花は遠のむかしに散つて、今は柔い青いいろの実を沢山につけてゐる。そしてアムゼル鳥の朗かなこゑは、ときどき夕の空気を顫動させてゐる。　『斎藤茂吉全集』第五巻 P.460

と「顫動」を随筆『接吻』[25]に用いている。この作品は、留学先のウィーンでの出来事を記したもので、街の風景描写の一部分である。アムゼル鳥の鳴き声が「空気を顫動させて」いる。この「顫動」は、物理学的現象の「顫動」である。

「顫動」は、近代の文学作品のなかでは、①客観的人体の動きとしての「顫動」、②心理・感情の比喩、③物理学的現象の応用として使用されている。このような一般的な使用のほかに、茂吉は物理の現象「顫動」を万葉集の声調の様式として用いているのである。それがどのようなものであるか、以下に『柿本人麿』と『万葉秀歌』によって検証する。

2　斎藤茂吉の万葉集の声調の「顫動」

2－1「顫動」のある歌

茂吉は『柿本人麿』において「人麿の作歌全体を通じて、その声調は顫動的であり流動的である」（「柿本人麿私見覺書」四『斎藤茂吉全集』第十五巻 P.180）という。この人麻呂の歌のすべてが顫動的、流動的であるというのは、具体的にはどういうことなのであろうか。茂吉は、次の二首について特に「顫動」をいう。

その一首は、『柿本人麿』「人麿短歌評釈」巻二・二一八番歌である。

楽浪の志我津の子らが罷道の川瀬の道を見ればさぶしも　『斎藤茂吉全集』第十六巻 P.157

茂吉は、この口語訳を、「吉備津から来て仕へてゐた美しい采女が、仕をやめて志賀津に住んでゐたのであつたが、急に死んだ。そして今葬られて黄泉の旅に立つけれども、川瀬を渡りつつゆくこの道が何とも寂しい、異様に悲しくてならない」とする。「顫動」はこの歌の末尾に使われているのであるが、まず茂吉のいう人麻呂の流動的なあり方をこの歌について触れておくと、「楽浪の」「志

我津の」「子らが罷道の」「川瀬の道」と「の」の連続によって流れるように感じられることをいうのである。そして、

人麿の歌調は強く雄渾なのがその総てだといふやうに思はれてゐるが、人麿の歌調には細微なところに説明し難い顫動があつて、それが内容に応じて、悲喜哀楽の神味を極めてゐる。

『斎藤茂吉全集』第十六巻 P.162

という。これによれば、人麻呂の歌調の特徴として「細微なところに説明し難い顫動」があるというのであり、それは「内容に應じて、悲喜哀楽の神味を極めてゐる」ともいう。この茂吉の解説の「顫動」を筆者は、震えるような感情によって、極度に動揺している精神状態を引き起こす声調と理解する。

茂吉はこの巻二・二一八番歌については、「全体としては句に屈折・省略等も無くむつかしくない」という。それは、歌の言葉が直線的であることをさしている。しかし一方で、この歌の解釈には諸説あり、難解歌とされている。その一は、この歌の前にある長歌に登場する「夫」について、当時の制度では、采女は天皇に仕える存在であるため結婚をゆるされていなかったことから諸説がある。茂吉は、山田講義にしたがい、采女をやめた後で結婚し志賀に住んだと解し、題詞に「吉備津采女」と、歌のなかの「志賀津の子」とされている呼称の問題を解決している。即ち、通説では「津」は掛詞で、志賀の「津」と采女の出身地である吉備郡「津」をかけると解するところを、茂吉は「志賀津にゐた彼の麗しい采女であつた女といふ意味である」と解している。さらにまた、「罷道

の川瀬の道」は、契沖以来入水説が行なわれて来たが、茂吉は急な病死程度に解し、葬列の通る川の瀬を、生前に彼女が通ったとうけとめている。こうしてみると「川瀬の道」を視覚のみでとらえているようだが、茂吉は川瀬の音にも注目し、

　川瀬を渡つてずつと向うに行く心持で、その川の音さへ無限の哀調としてひびくやうに感ぜられるのである。

『斎藤茂吉全集』第十五巻 P.162

という。つまり茂吉は、葬列が川瀬を渡ってずっと向こうにゆく光景と、そこに聞こえるであろう瀬音に、異界に通じる感覚をもっているのである。

また茂吉は、「見ればさぶしも」の響きにこだわり、「『川瀬の道を見ればさぶしも』でも、『遊びし磯を見れば悲しも』でも、ただの概念ではない」という。その理由は、万葉集に散見する他の「見ればさぶしも」「見れば悲しも」に共通して複雑な感情がたちあらわれていることをあげる。具体的には、次のような「見ればさぶしも」「見れば悲しも」の例をあげている。

百磯城の　大宮処　見れば悲しも 或云、見ればさぶしも　（巻一・二九番歌）
ささなみの国つ御神のうらさびて荒れたる京見れば悲しも　（巻一・三三番歌）
黄葉の過ぎにし子等と携はり遊びし磯を見れば悲しも　（巻九・一七九六番歌）
古に妹と吾が見しぬばたまの黒牛潟を見ればさぶしも　（巻九・一七九八番歌）
朝鴉早くな鳴きそ吾背子が朝けの容儀見れば悲しも　（巻十二・三〇九五番歌）

巻一・二九番歌は、長歌「過近江荒都時柿本朝臣人麿作歌」の結句である。かつて繁栄を極めた近

江京の荒廃をしのびつついう「見れば悲しも」である。異伝「見ればさぶしも」は、その近似の感覚であらわした表現である。巻一・三三番歌も、同じく近江旧都を詠んだ高市黒人の歌で、黒人も、かつての近江京の繁栄をしのびつつ、荒都を「見れば悲しも」としている。また巻九・一七九六番歌と巻九・一七九八番歌は「紀伊国作歌四首」と題された人麻呂歌集の連作の一部である。巻九・一七九六番歌は磯の場面で、彼女との思い出と彼女のいない現実のはざまで「見れば悲しも」といい、巻九・一七九八番歌は、彼女と一緒に眺めた黒牛潟を、今一人で見ている胸の内を「見ればさぶしも」という。また巻十二・三〇九五番歌は、朝になってしまえば遠くへいってしまう恋人に「見れば悲しも」という。このように、「見ればさぶしも」と「見れば悲しも」は、上から下へ流れるような調べのなかで、いずれも過ぎ去った時間、あるいは、もう間もなく過ぎ去ることが目前にある強い哀切の感情を響かせている。「見れば」は一見、単に見たということと思われ易いが、目視する現実のむこうに、もうひとつの愛しい時間をとらえる表現なのである。つまり茂吉は、「全体としては句に屈折・省略等も無くむつかしくない」直線的な歌のなかに、強い哀切の感情を響かせるものを「顫動」と呼んでいるとみてよいであろう。

顫動と称する歌の第二首目は、人麻呂作以外の作ではあるが、巻八・一四一八番歌がある。

石激る垂水の上のさ蕨の萌え出づる春になりにけるかも　『斎藤茂吉全集』第二十二巻 P.278

右は周知のとおり、志貴皇子の歌である。一首の意味を、茂吉は「巌の面を音たてて流れおつる、滝のほとりには、もう蕨が萌え出づる春になった、懽ばしい」とし、声調については、

この歌は、志貴皇子の他の御歌同様、歌調が明朗・直線的であつて、然かも平板に堕ることな

く、細かい顫動を伴ひつつ荘重なる一首となつてゐるのである　『斎藤茂吉全集』第二十二巻P.279

という。古来、この歌には寓意が含まれているとされ、折口信夫も「岩の上を激して流れる、滝の辺の蕨が、生え出す春になつたことだ。その様に自分の運も、これからおひ〳〵開けて来る」という寓意を含むものと解している。しかし茂吉は、これを写生の歌として受け止めている。また一般的な表現として歌調が直線的であるとは、先の吉備津采女の歌で屈折も比喩もないというように同じく、比喩をもちいずに表現していることをさす。また明朗とは、春の喜びをいい、平板に堕ることなくとは、この歌が他の類例にまみれておらず、初句「石激る」の語感によって喚起される滝の水の動きや、その滝のほとりに萌え出ている「さわらび」をとらえていることをいう。このような一首のありかたを、物理学現象「顫動」に喩えていうのであるが、そのいうところは、一見、直線的に見える表現のなかに、細かな震えを感じ取るというものである。この震えは、もちろん心理的な感動の震えである。

以上、茂吉のいうふたつの「顫動」、巻二・一一八番歌と巻八・一四一八番歌を見て来た。ここに共通するのは、言葉が直線的に上から下へ流れるようでありつつ、結句に「見ればさびしも」「なりにけるかも」などの強い詠嘆によって震える心を表現するものである。しかし、この二首だけでは用例が少なく判断のつき難いところがある。

そこで次項に茂吉が「顫動」がないとする歌について見てゆきたい。

2－2 「顫動」のない歌

茂吉が顫動のない歌とするのは、まず万葉集巻二・一八四番歌である。

東の滝の御門に侍へど昨日も今日も召すこともなし

茂吉は、一首を『柿本人麿』につぎのように解説する。

島の宮殿の東門である滝の御門に、御用をうけたまはらうと伺候して居るが、昨日も今日もお召しになることは無い、といつて寂しく悲嘆にくれるさまである。 『斎藤茂吉全集』第十六巻 P.955

そしてさらに、次のように評する。

この歌の声調はかくの如くに直線的であるから、陰鬱な細かい顫動を聞くことが出来ない。また、声に濁がなく飽くまで太く強く行つてゐる。これは寧ろ人麿的声調に似てゐると謂つてもいいが、何か物足りないところもあるやうである。 『斎藤茂吉全集』第十六巻 P.956

このように茂吉が、「陰鬱な細かい顫動を聞くことが出来ない」というのは、「声に濁がなく飽くまで太く強く行つてゐる」（強く鋭い感情の直線表現）ということの裏返しとみてよい。一首は、舎人が主人の死を受け入れることができず、それまでと同じように命令を待ち続ける。しかし主人は「昨日も今日も召すこともなし」という、この状況を歌って冷酷な事実がある。悲しみをあらわしているのであるが、茂吉が「顫動」を聞くことが出来ないというのは、歌としての感動が迫ってこないことをいうのである。

つぎに『万葉秀歌』に万葉集巻一・六三番歌も「顫動」のない歌とされている。

いざ子どもはやく日本へ大伴の御津の浜松待ち恋ひぬらむ　『斎藤茂吉全集』第二十二巻 P.96

これは山上憶良が唐より帰京の際に作った歌で、茂吉の口語訳は、「さあ皆のものどもよ、早く日本へ帰らう、大伴の御津の浜のあの松原も、吾々を待ちこがれてゐるだろうから」という。茂吉はこの歌を評し、

一般的に分かり好くなり、常識的に合理化した声調となつたためとも解釈することが出来る。即ち憶良のこの歌の如きは、細かい顫動が足りない、而してたるんでゐるところのあるものである。　『斎藤茂吉全集』第二十二巻 P.97～98

という。茂吉は、この歌の一般に分かりやすく常識的で合理的であることを批判する。下の句には、松に待つを掛けた表現があり、茂吉はこれをありきたりと見ていると考えてよい。

つぎに万葉集巻三・四四六番歌にも「顫動」がないという。

吾妹子が見し鞆の浦の室の木は常世にあれど見し人ぞ亡き　『斎藤茂吉全集』第二十二巻 P.204

一首は、大宰の帥として九州へ赴いた大伴旅人が、旅先で妻を亡くし、太宰府よりの帰途に鞆の浦を通ったときの歌である。茂吉は、この歌を明快で「顫動」が足りないという。それは、常世にある室の木と亡妻の対比がありきたりで、妻を亡くした感情が伝わりにくいと見るからである。

つぎに万葉集巻五・七九九番歌、

大野山霧たちわたる我が嘆く息嘯《おきそ》の風に霧たちわたる

この憶良の歌にも茂吉は「顫動」がたりないという。茂吉は一首の意を「今、大野山を見ると霧が立つてゐる、これは妻を歎く自分の長大息の、風の如く強く長い息のために、さ霧となつて立つてゐるのだらう」（同、P.228）としている。嘆きの息が霧になるという表現は巻十五・三五八〇番歌、三五八一番歌、三六一五番歌、三六一六番歌など万葉集に散見し、概念的で嘆く心情が伝わり難い。これを茂吉は、「顫動がたりない」というのである。

『斎藤茂吉全集』第二十二巻 P.228

これらに対峙するものとして、茂吉は、人麻呂の「ともしびの明石大門に入らむ日や榜ぎわかれなむ家のあたり見ず」（巻三・二五四番歌）を提示する。この巻三・二五四番歌は茂吉が「波動的」声調とした歌である。茂吉は「波動」を人麻呂の特徴で、憶良、旅人に欠けているとしていた。同じように「顫動」も人麻呂の特徴で憶良、旅人に欠けているという。茂吉のいう「顫動」という声調は、わかりにくいという疑問も生じよう。しかし、直線的に上から下へとながれる歌で、しかも、2－3に述べるようにありきたりではない内容に、強い詠嘆の響きが感じられるものをいうとみてよいであろう。

なお茂吉は、「細部に顫動の目立たない歌」についても言及しており、それは万葉集の人麻呂以前の歌のほぼすべてを指している。つぎに、それらについて見てゆきたい。

2－3　人麻呂以前の歌と人麻呂の歌の「顫動」

茂吉は、古歌（以降、万葉集の分類する「古歌」ではなく、茂吉に従って便宜上人麻呂以前の歌を「古歌」とする）をしばしば高く評価するが、一方で「渾樸」といい、「感動の細部が影を奥の方に没してしまつてゐるやうにおもへる」（『斎藤茂吉全集』第十五巻 P.218）「感動表現の語気・音色の細部が表面に目立たなくなつてゐるやうにおもへる」（『斎藤茂吉全集』第十五巻 P.219）ともいう。この感動の細部が奥に没しているとの謂いは、「顫動」が目立たないということと同義に解される（『斎藤茂吉全集』第十五巻 P.214〜221）。

たとえば、巻一・四番歌

たまきはる宇智の大野に馬なめて朝踏ますらむその草深野　『斎藤茂吉全集』第二十二巻 P.43

この歌は、名歌の譽れ高い一首であるが、枕詞以外に技巧らしきものがなく、宇智の大野に狩りをする一行の様子を思い浮かべながら詠んで、感情がいまひとつ見え難いのである。茂吉はそれを感動の語気・音色が目立たない、と見ているのである。

つぎに巻二・一四二番歌、

家にあらば笥に盛る飯を草枕旅にしあれば椎の葉に盛る　『斎藤茂吉全集』第二十二巻 P.133

この歌も、無実の罪を着せられた有間皇子が紀州へ連行される途上の食事のシーンを淡々と描いて、しばしば名歌と称される。ところが茂吉にとっては、やはり感動の語気・音色は目立たないと思えるのである。

巻一・二〇番歌、

あかねさす紫野行き標野行き野守は見ずや君が袖振る　『斎藤茂吉全集』第二十二巻 P.68

人口に膾炙する額田王の歌で、先に見たように、茂吉は「紫野行き標野行き」の繰り返しに、「立体的波動的」声調を指摘し、声調を大きく評価している。これをみると、「顫動」の目立つことのみが必ずしも名歌の条件ではないことを指している。これを顫動なしとするのは、「感動の細部が影を奥の方に没してしまつてゐるやうにおもへる」からであるという。この真意を今少し考えてみたい。

茂吉は一首の意を「お慕わしいあなたが紫草の群生する蒲生のこの御料地をあちこちとお歩きになって、私に御袖を振り遊ばすのを、野の番人から見られはしないでしょうか。それが不安心でございます」と現代語訳する。ところがこの歌の背景は、現在も定まらないところがあり、『美夫君志』は、額田王が大海人皇子の恋人に嫉妬しているとし、『万葉考』は戯れ諭すようだという。茂吉は現代語訳をしながらも、このように歌の奥の意味をあれこれと詮索、想像させるところに、感動の決め手となる「感動の細部」が伝わっていないと感じ、「顫動」が目立たないと言ったものではないかと思われる。

以上、茂吉のいう声調「顫動」とは、人麻呂に特徴的な声調であり、人麻呂以外には志貴皇子を例にあげている。しかし人麻呂以前の歌には「顫動」がめだたず、山上憶良、大伴旅人の歌には「顫動」が足りないという。茂吉のいう「顫動」は、比喩などを用いず、上から下へながれるような調べに平凡ではない写生的内容が、震えるような哀切や喜びの感情などを引き起こすものをいうと考えられる。この震えるような感情は、万葉集では「見れば悲しも」「見ればさぶしも」を結句に伴うことが多い。茂吉の実作にも「けるかも」や「見れば……」「……悲しいも」「……寂しも」などを結句に持つものが多い。万葉調の特徴をあらわし、震えるような感情の高ぶった精神状態を表現しようとしたと見られる。

次にこの「顫動」が、茂吉の実作にどのように影響しているかを見てゆきたい。

3　茂吉の実作に見る「顫動」

茂吉の実作中に、「顫動」の声調と見られる「けるかも」が多用されている。

水のうへにしらじらと雪ふりきたり降りきたりつつ消えにけるかも

これは『赤光』の一首である。水に降る雪を、比喩を用いずに直線的にあらわした写生の歌である。止めどなく降る雪が、水面にあたると消えてしまう景を通して、心中の震えるような虚しさを「消えにけるかも」としている。

春雨はくだちひそまる夜空より音かすかにて降りにけるかも

『あらたま』の一首である。静かな夜空から春雨が降って来る。比喩等を用いず、直線的にあらわした歌は、雨のかすかな音にたいする震えるような感慨を「けるかも」にこめている。

おのづからあらはれ迫る冬山にしぐれの雨の降りにけるかも

これも『あらたま』の一首で、冬山のしぐれを詠っている。雨雲の間からあらわれた冬山が、迫って見えるという。これは所謂物理の「スネルの法則」で、空気中の水分子の量が多くなると、光の屈折角が小さくなり遠くのものが近くに見える現象である。茂吉は、物理の言葉を用いず、写生的に景をあらわし、景のなかに感受する震えるような感慨を「けるかも」にこめている。

こうした雨を題材とした「顫動」の歌のうち、有名なものとしては次の歌がある。

ゆふされば大根の葉にふる時雨いたく寂しく降りにけるかも

これも第二歌集『あらたま』の茂吉の代表歌である。茂吉は、「第三句切で、結句で『降りにけるかも』といふ具合に直線的にあらはしたものである」(『作歌四十年』)と自注している。一見、直線的に見える写生的内容に、震えるような感情を「けるかも」に込めてあらわしたこの歌は、先に見た「顫動」に酷似している。鎌田五郎は「一首は、大根の葉といふ新鮮な素材を媒介して、これを晩秋日ぐれの山畑に濡らす時雨の雨の粛々たる音を捉へて天地自然の寂寥感を出してゐる」(鎌田五郎著『斎藤茂吉秀歌評釈』風真書房 一九九五年 P.189)と評している。

さらに、茂吉の「顫動」の到達点と考えられるのは、次の『白き山』の一首である。

最上川逆白波のたつまでにふぶくゆふべとなりにけるかも

上から下へと流れるような調べに、「逆白波」という、逆流する高波のイメージから、まるで巨大な生き物が暴れているような川の様相を伝えている。この歌の「なりにけるかも」は、茂吉曰く「悲喜哀楽の神味」(『柿本人麿』)をあらわす言葉で、志貴皇子の歌では清冽な滝のほとりに早蕨の萌えを見つけた春の喜びに、身を震わせるような感覚を表現していたが、ここでは、荒れ狂う冬の最上川の恐怖におののく感覚が表現されている。これが茂吉が人麻呂から学んでおこなった声調の「顫動」の到達点と考えられる。(26)

おわりに

茂吉の和歌改革のすべてが成功しているわけではない。「圧搾」と「顫動」は、和歌改革としては力を発揮しなかったものである。茂吉のいう「圧搾」は、当初「圧搾」「省略」「融合」の三語が入り混じり、難解をきわめた。そこに森鷗外の翻訳語「融合」を歌論として吟味不定のまま介在させたことなども影響している。だが『万葉秀歌』では言葉を凝縮して別のものを生み出す効果として捉えなおしている。最終的に「圧搾」という声調は、和歌の古来よりの特徴の一つであり、むしろ当然すぎるものであるため茂吉が目指す和歌改革に効果がなかった。

「顫動」もまた説得的とは言えない。茂吉のいう「顫動」は、一見、直線的に見える写生に、「けるかも」などの震えるような感動の詞を結句に置くものをいう。この形を万葉集に見出した彼は、実作にも応用し、「けるかも」や「見れば……かなしも」「見れば……寂しも」などの結句を多用する。しかし、こうした茂吉の擬古典的作風は、当時「けるかも調」と揶揄気味にいわれた。茂吉自身は「顫動」を最高の美と考えたようだが、それは、万葉集にのめり込んだ、いささか独りよがりな考えと言わざるを得ない。

茂吉の理論は必ずしも優れたものばかりではない。しかし、これら「圧搾」「顫動」も和歌改革を目指し苦闘した結果なのである。

注

（1）陳彭年著『大宋重修廣韻』国立国会図書館デジタルコレクション
（2）許慎著『説文解字』早稲田大学図書館古典籍総合データーベース
（3）慧琳撰『一切経音義』早稲田大学図書館古典籍総合データーベース
（4）朱謙之撰『老子校釋』竜門聯合書局　一九五八年
（5）賈思勰原著、繆啓愉校釈、繆桂龍参校『齊民要術校釋』農業出版　一九八二年
（6）帆足万里撰『窮理通』一八三六年　早稲田大学図書館古典籍総合データーベース

（7）斯邁爾斯《スマイルズ》著、中村正直訳『西国立志編』須原屋茂兵衛　一八七〇年　国立国会図書館近代ライブラリー
（8）徳冨蘆花著『自然と人生』一九九〇年　民友社
（9）正岡子規著『墓』「子規全集第九巻」改造社　一九二九年
（10）石川啄木著『火星の芝居』「啄木遺稿」土岐善麿編　東雲堂　一九一三年
（11）山田孝雄著『万葉集講義』宝文館　一九三二年
（12）森林太郎著『審美新説』春陽堂　一九〇〇年　国立国会図書館デジタルコレクション
（13）澤瀉久孝著『万葉集新釈』星野書店　一九三一年
（14）正岡子規著「万葉集を読む」新聞「日本」明治三十三年七月三日　一九〇〇年
（15）大野晋著『係り結びの研究』岩波文庫　一九九三年　P.118
※万葉集に「コソアラメ」の用例は、巻四・七四九番歌「夢にだに見えばこそあらめ斯くばかり見えずしあるは恋ひて死ねとか」（夢になりと　見えればそれでよいのに　これほどに　見えないでいるのは　恋い死ねという気ですか）（現代語訳は新編全集）の一例のみである。動詞「見ゆ」の連用形にコソアラメがついた形と見え、このほか万葉集や古事記などの上代の文献に、形容詞にコソアラメがついた用例はない。大野晋は、この原因を奈良時代には形容詞の已然形が未発達であったためと考えている
（16）西周著『百学連環』二（物理上学）西周全集　第4巻　宗高書房　一九八一年
（17）片山淳吉編『物理階梯』上「第十九課音響論」文部省　一八七六年
（18）角田真平編述『物理小學』一八七八年　内外兵事新聞局等
（19）パウエル・ニーマイル著、桜井郁二郎訳『理学的打聴診論二』倚雲樓　一八八〇年

（20）士都華著、西松二郎訳『中学物理書』上編　有正館　一八八一年
（21）森鷗外著「青年」一九一〇年三月～八月　雑誌『スバル』連載
（22）夏目漱著石「行人」一九一二年十二月六日～一九一三年十一月五日　『朝日新聞』連載
（23）漱石著「明暗」一九一六（大正五）年五月二十六日～十二月十四日　『朝日新聞』連載
（24）萩原朔太郎著『月に吠える』感情社　一九一七年
（25）随筆「接吻」　※茂吉のウィーン滞在は一九二二年～二三年
（26）最上川逆白波のたつまでにふぶくゆふべとなりにけるかも
一九四六（昭和二十一）年二月十八日の茂吉の日記（『斎藤茂吉全集』第三十二巻）に「午後四人ニテ散歩、大吹雪トナリ、橋上行キガタイ様子トナツタ、最上川逆流」と記されている。また、同日のできごとについて、茂吉の門下の板垣家子夫が、その著書『斎藤茂吉随行記――大石田の茂吉先生』（古川書房一九八三年 P.140）に詳細に述べており、散歩に同行した四人とは茂吉、二藤部兵右衛門、板垣家子夫、結城哀草果であったという。この日は、北西風が猛烈に吹いて川には逆波が立騒いでいた。そこで板垣家子夫がなんの気なしに「先生、今日は最上川にさか波が立ってえんざいっす」と言ったという。大石田地方では、「さかさ波」「さかさま波」という方言があり、板垣は単にそれを縮めて「逆波」と言ったということである。ところが、この言葉を聞いた茂吉の顔色が変わり、板垣がこうした造語を安易に口にしたことをたしなめたという。その後、結城哀草果がこの板垣の言葉を利用して、

横ざまに吹雪はいよいよ吹きつのり最上川の流逆波立つも

という歌を雑誌『芦角葉』（一九四六年四月刊）に掲載した。また翌年に茂吉が当該「逆白波」の歌を発表した。時期の前後から、結城哀草果の造語を茂吉が盗用したという誤解が生れ、板垣をはじ

め扇畑忠雄、尾山篤二郎、岸田隆等が繰り返し検証を行なっている。

茂吉の作中に名高いこの最上川の逆白波の歌を見ると、茂吉の「顫動」は人麻呂から学んだ声調のうちでも、茂吉自身の歌業をとおした最高の到達点といえるものだったのではないか、と考えられるのである。

あとがき

本書は同志社女子大学に提出した博士号申請論文「斎藤茂吉の万葉集評価語彙と物理学など～その作歌への応用～」をもとに加筆修正を加えた。博士論文の主査は吉野政治先生、副査は吉海直人先生ならびに浅野敏彦先生である。諸先生がたに、この場をお借りして御礼を申し上げたい。今回の出版にあたっては、タイトルと章立ての変更および新たに第Ⅱ章第Ⅲ章を中心に増補を加えた。また、第Ⅱ章の斎藤茂吉の「屈折」に関する論考は、内容が、前著『覚醒の暗指～現代短歌の創造的再生のために～』（ながらみ書房）とやや重なる部分がある。茂吉の「屈折論」は筆者が勉学の初期から取り組む主要なテーマであり、これからも考察を続けるつもりである。本書は、その過程のものと見ていただければ幸いである。

なお、本書をなすにあたって使用した斎藤茂吉の著作の年代は次のようである。

1、『斎藤茂吉全集』第十三巻　歌論5　一九七五（昭和五〇）年　岩波書店（斎藤茂吉著『万葉短歌声調論』一九三三〈昭和八〉年　春陽堂）

※日記によれば一九三三（昭和八）年五月八日に書き始めて六月五日にほぼ書き終える。

2、『斎藤茂吉全集』第十一巻　歌論3　一九七四〈昭和四十九〉年　岩波書店
（斎藤茂吉著「短歌に於ける四三調の結句」『アララギ』一九〇八〈明治四十一〉年）

3、『斎藤茂吉全集』第十五巻　柿本人麿1　一九七三〈昭和四十八〉年　岩波書店
（斎藤茂吉著『柿本人麿〈総論篇〉』一九三四〈昭和九〉年　岩波書店）
※「総論篇」に収録された各篇のうち、「鴨山考」のみ雑誌『文學』の一九三四〈昭和九〉十月号に発表され、他はすべて書き下ろしで十一月十日岩波書店より刊行された。なお、執筆の順序は第四「柿本人麿私見覚書」が最も早く着手され、日記によれば一九三三〈昭和八〉年十月十四日に書き始めて十一月二十一日に脱稿している。

4、『斎藤茂吉全集』第十五巻　柿本人麿1　一九七三〈昭和四十八〉年　岩波書店
（斎藤茂吉著『柿本人麿〈鴨山考補注篇〉』一九三五〈昭和十〉年　岩波書店）
※全集後記によれば、「鴨山考補注篇」は、一九三四〈昭和九〉年九月～一九三五〈昭和十〉年七月まで執筆。「一」～「十一」は雑誌『アララギ』の一九三五〈昭和十〉年二月号掲載。「十二」～「十七」は同三月号掲載。「十八」「十九」は同四月号掲載。

5、『斎藤茂吉全集』第十六巻　柿本人麿2　一九七四〈昭和四十九〉年　岩波書店
（斎藤茂吉著『柿本人麿〈評釈篇上〉』一九三七〈昭和十二〉年　岩波書店）
※「評釈篇上」は、すべて書き下ろし。

6、『斎藤茂吉全集』第十七巻　柿本人麿3　一九七四〈昭和四十九〉年　岩波書店
（斎藤茂吉著『柿本人麿〈評釈篇下〉』一九三九〈昭和十四〉年　岩波書店）
※「評釈篇下」はすべて書き下ろし。

7、『斎藤茂吉全集』第二十二巻　評釈1　一九七三〈昭和四十八〉年　岩波書店

〈斎藤茂吉著『万葉秀歌』一九三八〈昭和十三〉年　岩波書店〉

井関正昭著「未来派の終焉――ムッソリーニとマリネッティの場合」『明星大学研究紀要 日本文化学部・生活芸術学科』一九九八年三月
Tisi Marina Elena 著「宮沢賢治と未来派」『白百合女子大学児童文化研究センター研究論文集』二〇〇二年
多木浩二著「未来派という現象（3）マリネッティの詩法」『大航海』新書館　二〇〇四年
前田知津子著「茂吉とニーチェ――高山樗牛を機縁として」『近代文学論集』二〇〇九年

【科学】

石原純著『美しき光波』弘道館　一九〇八年九月
金子務著『アインシュタイン・ショック』岩波書店　二〇〇五年
加藤淑子著『斎藤茂吉と医学』みすず書房　二〇〇九年

【斎藤茂吉】

佐藤佐太郎著『斎藤茂吉研究』宝文館　一九五七年
結城哀草果著『茂吉とその秀歌』中央企画社　一九七二年
柴生田稔著『斎藤茂吉伝』新潮社一九七九年六月
土屋文明編『斎藤茂吉短歌合評』上・下　明治書院　一九八五年十〜十一月
上田三四二著『斎藤茂吉』筑摩書房一九六四年七月
藤岡武雄著『年譜　斎藤茂吉伝』図書新聞社　一九六七年十一月
本林勝夫校訂・注釈・解説『斎藤茂吉』（近代文学注釈大系）有精堂出版　一九七四年十一月
安森敏隆著『幻想の視角　斎藤茂吉と塚本邦雄』双文社出版　一九八九年十二月

塚本邦雄著『茂吉秀歌――「あらたま」百首』文芸春秋　一九七八年九月
塚本邦雄著『茂吉秀歌――「つゆじも」「遠遊」「遍歴」「ともしび」「たかはら」「連山」「石泉」百首』文芸春秋　一九八一年二月
塚本邦雄著『茂吉秀歌――「霜」「小園」「白き山」「つきかげ」百首』文芸春秋　一九八七年九月
岡井隆著『茂吉の万葉　現代詩歌への架橋』短歌研究社　一九八五年十二月
岡井隆著『人麿からの手紙――茂吉の読み方』短歌研究社　一九八八年十二月
中野重治著『斎藤茂吉ノート』筑摩書房　一九九五年一月
秋葉四郎著『新論　歌人茂吉』角川書店　二〇〇三年十月
小池光著『茂吉を読む』五柳書院　二〇〇三年六月
坂井修一著『斎藤茂吉から塚本邦雄へ』五柳書院　二〇〇六年十二月
品田悦一著『万葉集の発明――国民国家と文化装置としての古典』新曜社　二〇〇一年二月
品田悦一著「近代万葉の特質を把握するための基礎的調査――江戸時代と近代における万葉秀歌選の採歌状況」『アナホリッシュ国文学』二〇一二年十二月
品田悦一著『斎藤茂吉 異形の短歌』新潮社　二〇一四年二月

著者略歴

田中教子（たなか・のりこ）

歌人。日本文学・比較文学専攻。

万葉集の近代受容、文体を主な研究分野とする。

2018年、同志社女子大学より博士号（日本語日本文化）を授与される。

著書：『乳房雲』（短歌研究社、2010）、『覚醒の暗指』（ながらみ書房、2018）など。

第3回中城ふみ子賞（2008）、ながらみ出版賞（2019）受賞。

斎藤茂吉
――声調に見る伝統と近代

二〇一九年七月一〇日 第一刷印刷
二〇一九年七月一五日 第一刷発行

著者 田中教子
装幀 小川惟久
発行者 和田肇
発行所 株式会社 作品社

〒一〇二-〇〇七二
東京都千代田区飯田橋二ノ七ノ四
電話 (〇三)三二六二-九七五三
FAX (〇三)三二六二-九七五七
振替 〇〇一六〇-三-二七一八三
http://www.sakuhinsha.com

本文組版 米山雄基
印刷・製本 シナノ印刷㈱

ISBN978-4-86182-740-2 C0095